PRENDS TOUTES LES RUES QUI MONTENT

DE LA MÊME AUTRICE

Festin pour un fou, Éditions La Tour Cévenole, 2020

Murielle Holtz

PRENDS TOUTES LES RUES QUI MONTENT

Roman

TERRES DE FRANCE

Les Presses de la Cité

92, avenue de France – 75013 Paris
ISBN 978-2-258-20768-4
Dépôt légal : octobre 2024

Prologue

Ce livre est la seconde moitié d'un autre. La première moitié a longtemps patienté dans une boîte en fer-blanc, quelque part dans l'appartement d'une ville qu'on nomme la Grande Noire, avant de me parvenir, il y a quelques années, sous la forme quasiment indéchiffrable de cinq cent quarante-trois lettres écrites au crayon mine sur du papier très fin. Il fallut ausculter les lettres à la loupe puis reconstituer le puzzle. Patiemment. Pièce après pièce. Jusqu'à ce qu'une carte se dessine. Maintenant qu'elle est là, sous mes yeux, je peux commencer le récit de l'autre moitié. « Alléluia », dit Veevie. Elle claque ses mains contre ses cuisses. Son petit frère rit. Elle lui embrasse le bout du nez, enfile son manteau au capuchon bleu clair. Et ouvre la porte.

I

Devant elle, la ville. Debout et fière. Toujours éveillée, jamais fatiguée. Le soleil éclate sur les joues de Veevie, fendille à peine son petit cœur pour qu'il se mette à battre fort. La joie bondit de ses pommettes jusqu'aux toits de la ville avant de dévaler dans ses pieds. Alors tout se met à galoper en elle, même ses jambes se mettent à faire la course. Descendre la rue des Vinaigriers, *Vive le vinaigre*, prendre à gauche jusqu'à la boutique de la remmailleuse, piquer à droite, grimper la plus haute des sept collines de la ville. Arrivée au sommet, s'arrêter quelques instants. Parce que, depuis cet endroit-là, tout semble parfaitement agencé. Le chevalement, gigantesque tas de ferraille, extrait des entrailles de la terre de splendides boulets de charbon. « Alléluia, dit Veevie, triez les clapeuses, poussez les rouleurs, que les crasseux bouts de pierre deviennent mine de chaleur au fond des fourneaux. » Aussitôt dit, les jambes reprennent leur course. Descendre la rue des Cafetiers, saluer la marchande de journaux, méchante femme devant sa boutique qui ne dit jamais mot, tourner à droite dans la petite ruelle, rejoindre la rue des Passementiers, longer l'école des sourdes et muettes. *Je ne suis pas sourde, je ne suis pas muette, tout me parvient, le froissement du givre sous mes pas, le raffut des rafales, la prière des oiseaux et même le bruissement de l'éclosion des bourgeons. Je ne suis pas sourde, je ne suis pas muette.* Elle grimpe deux à deux les vingt-quatre marches de l'escalier de pierre. Le chevalement est maintenant dans son dos, la maison toujours à l'est. Et enfin, devant elle, la longue rue qui porte à son bout, comme un trophée jaloux, la récompense de sa course : *École mon amour*. Le portillon vert grince à sa présence, la maîtresse sourit. « Bonjour. » Nous sommes lundi, le jour où le drapeau monte dans le ciel.

Pendant que monsieur Bondas tire la cordelette, que l'étendard, dans un mouvement fluide et régulier, prend son envol, pendant que les enfants, silencieux, massés en carré au centre de la cour, suivent des yeux l'ascension du tissu, pendant que certaines rêvent d'être gouttière ou bien oiseau pour s'élever aussi haut que la bannière dans le ciel, pendant que le drapeau tricolore s'approche de la cime de l'école, pendant tout ce temps-là, Veevie, elle, pense Vivement que l'on chante. Coup de sifflet. Le carré se dissout. Les rangs se forment. Les enfants deux par deux entrent dans la classe. Odeur de bois et de craie. Veevie prend place au premier rang, celui des meilleures élèves, celles qui passeront en sixième. Les autres doivent s'entasser vers le fond, plisser les yeux et tendre l'oreille. Elles entreront jeunes dans le monde du travail « pour donner au pays une âme virile et forte » a dit le directeur. Les choses sont ainsi, les meilleures à l'avant, les autres installées derrière en ordre de réussite scolaire. Quand tout le monde est en place, que les cartables sont posés, les vestes enlevées, les enfants se lèvent et le chant éclate. Il emplit toute la classe, fait vibrer les murs et le tableau noir. Cette chanson plaît moins à Veevie que les louanges du dimanche. Dans l'église somptueuse, elle aime boire les sonorités d'orgue et répondre en retour en faisant jaillir de sa gorge un chant si puissant que les fidèles ferment les yeux, certains d'entendre la voix d'un ange. Elle le sait, elle le sent, sa voix passe au-dessus de celles des autres, dessine des vagues, caresse les vitraux, lèche le marbre avant de retrouver le chœur. Son chant est une voltige, un saut périlleux qui retombe toujours tranquille dans le cœur du psaume. En sortant de l'église, certains la regardent de biais, un peu comme un monstre ou une divinité céleste. Veevie n'y prête aucune attention. Ses yeux sont attirés par une tout autre chose, par les draperies et les broderies fines, par les brassards et les costumes, par le tissu blanc des communiants. La dernière fois, sa mère avait vu son regard envieux. Elle lui avait glissé à l'oreille « Si tout va bien, l'année prochaine, c'est toi qui seras la plus belle ». Veevie avait presque rougi. Son petit frère, lui, n'avait rien vu, il était encore sous le charme de la voix de sa sœur. Mais ici, à l'école, Veevie se retient de chanter à pleine gorge. Elle ne veut pas qu'on la remarque. Elle profite de cette mélodie à l'unisson pour parfaire l'émission d'un son clair et pur, au souffle si précis qu'il pourrait se glisser dans le chas d'une aiguille. Seul le maréchal, coincé dans un portrait de lui-même, costume kaki, képi feuille de chêne et yeux bleu porcelaine, devine la supercherie. On croirait presque qu'il sourit.

Soudain la sirène se met à hurler. Les cinq classes se retrouvent au bout du couloir, descendent les marches, passent par le portillon vert et s'engouffrent sous terre. Dans la cave, quatre compartiments. Une seule ampoule. Odeur de moisi, de terre et de champignon. C'est là que Veevie et Gaby sont devenues amies. C'était un jour d'hiver. Elles s'étaient trouvées à côté l'une de l'autre. L'après-midi qui avait suivi, elles avaient continué de causer, dans la cour. La maîtresse avait tiré Veevie par le bras avant de lui dire : « Tu es une bonne élève. Si tu continues à bien travailler, tu pourras prétendre à des postes dans l'administration ou l'enseignement.

Mais, si tu veux y parvenir, je te conseille de te tenir éloignée de certaines élèves. Elles risqueraient d'avoir une mauvaise influence sur toi. J'espère m'être fait bien comprendre. » Dans la cave, les deux filles sont protégées des regards de l'institutrice, éloignées des rangs et des notes. Alors, chaque fois que la sirène hurle, les deux amies en profitent pour se placer côte à côte, dans le fond des compartiments. Gaby a toujours mille choses à raconter. Et Veevie toujours une grande curiosité pour les histoires de son amie. La première fois, Gaby lui avait parlé de son père.

« Il descend à huit cents mètres sous terre. Alors, tu vois, moi, franchement, descendre dans la cave, ça m'fait pas peur. Et puis on voit bien qu'y a pas de danger sinon la maîtresse elle rest'rait pas à discuter avec les autres dans la cour. Moi, c'qui me fait peur, tu veux que je te dise, c'qui me fait peur c'est que le câble il lâche, le câble de la mine, tu vois, parce que s'il lâche, alors là, c'est la cata. Mon père il dit qu'ça fait des années qu'ils l'ont pas changé le câble, qu'ils devraient faire la grève tous les ouvriers, pour d'mander qu'on le change le câble, mais le maréchal il a interdit d'faire grève. Interdit qu'il a dit. Interdit d'faire grève depuis quatre ans maintenant. Pourtant, dans le nord du pays, ils y font la grève, pour d'mander des bons salaires, pour baisser le temps de travail. Mais comme le maréchal il veut pas, bah mon père et tous ses copains ils continuent d'aller bosser en priant pour qu'le câble il pète pas. Heureusement y a les canaris. »

Gaby avait fait une pause, le temps de remettre en place les feuilles de journaux qu'elle glisse l'hiver sous ses habits pour se tenir chaud.

« Mon père il dit qu'les canaris ils sont plus importants qu'le maréchal parce que eux, au moins, si y a des secousses ou des fuites eh ben ils alertent, ils pépient et c'est ça qui les sauve les mineurs. Mais bon ça suffit pas non plus. C'est pour ça qu'des fois mon père il fait des grosses colères, il crie, il frappe, il dit Si ça continue j'me fais macadam. Mais pour l'instant il fait pas ça, il garde ses mains en forme et il s'contente de cogner tous les soirs. Après il dort. Puis le matin il dit rien, il prend le canari et il descend, huit cents mètres sous terre j'te dis. C'est pas comme ici. »

Veevie avait hoché la tête. Dans cette amitié-là, l'une parle, l'autre écoute. Aujourd'hui Gaby a les yeux rivés vers le fond de la cave.

« Hé, regarde. On dirait qu'ils ont mis un truc là-bas ? Viens, on va voir ! »

Veevie n'a pas très envie d'aller tout au fond du couloir. L'unique ampoule est à l'opposé, on ne voit pas grand-chose. Malgré tout, elle suit Gaby. Les deux amies longent le mur, filent tout au fond de la cave et découvrent, qui trône en silence, à droite de la chaudière, une immense caisse de bois pleine à ras bord de pommes de terre.

« Des patates ! »

À ce mot, Veevie se souvient de la dernière lettre de son père, celle dans laquelle il raconte qu'il fait l'entretien des chambres, des lavabos, le service de la soupe de midi, des casse-croûte, de la boisson chaude le soir et puis, chaque jour, de 13 heures à 16 h 30, l'épluchage des patates. Elle pourrait le dire à Gaby mais elle n'en parle pas puisque, dans cette amitié-là, ce n'est pas elle qui se confie. C'est une amitié qui n'a qu'un son, qu'une seule voix.

« La prochaine fois, c'est bataille de patates, ok ? Comme ça, ça f'ra de la purée ! »

Elles pouffent. La sirène retentit pour la seconde fois, signe que l'alerte est finie. Retour en classe. Leçon de géographie. La maîtresse demande quelle denrée pousse en grande quantité dans le sud du pays. Depuis le fond de la classe, on entend « Patate ». Veevie a bien du mal à retenir un éclat de rire.

Le colis était prévu pour Noël. Le père l'avait envoyé fin août pour être certain qu'il arrive avant l'année nouvelle. Mais le paquet s'est perdu, a voyagé plus longtemps que prévu et n'est arrivé que le 12 mars dernier. À l'intérieur, un carré de tissu, une boîte de nescafé et, pour les enfants, deux véritables trésors fabriqués à la main et qui réussirent à traverser le continent : un petit chien articulé et une gazinière d'aluminium. Depuis l'arrivée de ce colis, dès que Veevie rentre de l'école, son petit frère dit « Viens, on va jouer ». Veevie défait le cartable de ses épaules, dit « D'accord, mais avant ça… » et elle soulève son petit frère, le dépose sur le divan, le chatouille, fait semblant de le mordre et souffle sur son ventre pour faire éclater son rire. Ça marche à tous les coups. Cascade chaude dans leurs cœurs. Puis, dans une petite casserole d'aluminium, l'aînée fait semblant de cuire les aliments, « Une grosse saucisse et des haricots blancs » dit-elle d'un ton fier. Le garçonnet attrape une boîte pour recueillir la préparation imaginaire, prend un bâton et, avec une grande application, mime la soudure du couvercle sur la boîte de fer. Quand il estime que le travail est terminé, il range le récipient dans une caisse de carton, se tourne vers sa sœur et dit « Maintenant on envoie ». Veevie prend un crayon de couleur et le place en appui entre le pouce, l'index et le majeur de son frère. Mais Jojo ne parvient pas à tracer quoi que ce soit en tenant le crayon de cette façon-là si bien qu'il finit, encore une fois, par s'en emparer à pleine main pour barbouiller allègrement le carton déjà mille fois colorié. « Tu ferais mieux de t'appliquer. C'est important de savoir bien écrire » dit sa sœur. Jojo ne l'écoute pas. Il aime griffonner de grands traits hasardeux. Veevie insiste : « Il faut respecter les espaces entre les lignes, ne pas écrire dans la marge, ni dépasser, ni déborder. Sinon ta lettre finira à la poubelle, les mots mourront sous la neige, dans la terre ou bien seront abandonnés dans un coin sombre. Seuls, perdus, recroquevillés. Et cela ce n'est pas possible. On ne peut pas vivre sans mots. Regarde maman. »

Leur mère se nourrit de mots. Elle les dévore, les avale, les gobe, sans même les mâcher, les digère puis les recrache et, à son tour, nourrit l'autre avec ses mots. Les lettres envahissent toute la maison, elles colonisent les peintures, les poutres, les tapisseries, elles dégoulinent sur le balcon, glissent le long des marches, ruissellent entre les dalles de la terrasse, remontent par la gouttière, se glissent derrière les volets, rentrent par la fenêtre, tombent sur la petite table de bois puis se cachent sous le lit, dans une boîte en fer-blanc. De ses boucles, de ses lèvres ou de ses mains, en tenue de ville ou d'intérieur, il pleut des mots de leur mère. Parfois elle s'arrête soudain de tout faire, son geste reste en suspens, s'immobilise, elle rumine les mots, les mâche et les remâche inlassablement. D'autres fois, elle se penche sur l'évier, sur la bassine, sur les toilettes, les mots et les aliments se mélangent, ça fait du bruit comme un tuyau qu'on débouche, puis l'eau avale les mots, et l'épouse regarde, devant elle, dans les brisures de la mosaïque, dans le couloir des gouttes, elle regarde les mots s'enfuir.

Plus tard, au moment du coucher, l'enfant demande à quoi ressemble leur père. Veevie inspire un grand coup et lui décrit tout, tout ce dont elle se souvient, c'est-à-dire trois fois rien. Elle dit que c'est un homme si grand que lorsqu'il le prendra dans ses bras il lui fera toucher les étoiles. Que c'est un homme si agile qu'il traverse le monde en évitant toutes les balles et que, lorsqu'il reviendra, il rasera sa barbe avec grand soin pour poser sur les joues de l'enfant des baisers tout doux. Jojo ferme ses grands yeux, bonheur inépuisable. Il s'endort en tapotant son index sur le haut de sa lèvre à un rythme régulier. Veevie aime l'observer s'endormir. Sous son pyjama en tricot rayé, on voit rebondir les mouvements de son ventre. Le souffle tranquille. Le plus beau ressac du monde. Son petit frère ne s'occupe que de vivre. Et c'est déjà pas mal. Ses paupières sont si fines qu'on pourrait y voir défiler le monde à l'envers et si légères que l'univers entier se garde bien de souffler dessus. Ses sourcils ont été à peine dessinés par une plume fine. Et sa petite bouche entrouverte semble murmurer des mots magiques à chaque expiration. Alors Veevie prie.

Elle ne prie pas pour que le père revienne. *Je ne suis pas sourde, je ne suis pas muette et je ne suis pas bête non plus.* Son père a tant répété dans ses lettres qu'il reviendrait bientôt qu'elle ne le croit plus. Et prier pour cela serait du temps perdu. Elle s'installe face à la fenêtre, pose ses genoux sur le sol, croise les mains et récite un Je vous salue Marie. Depuis des mois, et même à l'église, elle refuse de réciter les Notre Père. Elle n'invoque plus que la Vierge. Quand la prière est dite, elle s'autorise un souhait. Un seul. « S'il te plaît, madame la Vierge, ramène-nous un peu de chocolat. Même du simple, celui en côtes. » Lorsqu'elle a fini, elle se relève, pose un baiser sur le front de son frère et s'allonge dans le lit. Alors commence son voyage de nuit. Elle ferme les yeux, rentre dans son corps pour en sentir tout le poids, imagine qu'il s'enfonce dans le matelas de laine, qu'il passe à travers les cardes et les ressorts, traverse le plancher, traverse la cuisine et descend les étages jusqu'à toucher terre. Alors elle s'imagine laisser ici sa chair et ses muscles, faire sortir l'esprit de la chape corporelle et regarder d'en haut son corps endormi. Puis elle s'échappe. Elle court en imaginaire, elle vole au-dessus des ruelles, passe sur le puits de la mine, vole en nageant sur la ville. Elle flotte au-dessus des sept collines. La joie profonde qui l'habite semble indestructible.

Le jour où l'enfant est né, la table s'est transformée en lieu de préparation des colis. Tant que le nourrisson tenait dans un panier d'osier, la mère le plaçait au milieu des victuailles. Il était si petit qu'on aurait pu croire que lui aussi partirait au prochain envoi. Son corps emmitouflé dans les tissus ressemblait en bien des points aux objets en cours d'empaquetage. Entre le tricot, le chapelet, le pull kaki, le gilet de laine gris, le rasoir mécanique, les deux pantoufles, il avait l'air d'un petit paquet à ajouter à la liste. La mère, aidée de sa fille, emballait le tout dans un carton bien ficelé à destination du père. Celui-ci répondait par courrier régulier que tout avait été parfaitement reçu et qu'il apprécierait un peu de sucre. Un mois plus tard, on posait à nouveau le panier d'osier sur la table, on réunissait un saucisson, des pâtes, un pot de confiture et un autre de sucre qu'on emballait soigneusement.

Cette fois-là, le père répondait que tout était parfait et réussi, mais que le petit réchaud qu'il avait à disposition avec ses amis de popote n'était pas suffisant pour faire bouillir l'eau. Les pâtes étaient donc inutilisables. Au colis suivant, on remplaça le riz, le thé et les pâtes par un bon nombre de conserves. Le père répondait que tout était parfait et réussi, mais qu'il était inutile de trop forcer sur les conserves puisqu'elles étaient toutes ouvertes dès leur arrivée. Puis il remerciait et dans la lettre suivante envoyait de nouvelles instructions : dorénavant, pour les prochains envois, il faudrait utiliser les étiquettes rouges pour les colis non alimentaires et les étiquettes bleues pour les colis alimentaires.

Quand l'enfant dépassa du panier d'osier, la mère l'installa sur une couverture, à même le sol. L'enfant tentait d'attraper soit les jambes, soit le carton qui patientait à terre pendant que mère et fille, côte à côte, divisaient les provisions en deux tas distincts. Ici trois caleçons, deux paires de chaussettes fines, une main pour se laver, une flanelle, un pyjama, une photo et, de l'autre côté de la table, des pommes, des petits pois, une boîte de sardines, du pain d'épices, des biscottes, une livre de chocolat, des biscuits, deux citrons, du Blécao, une demi-boîte de lait et des gâteaux de fruits. Le colis arriva à bon port, mais quelqu'un au passage garda pour lui la boîte de sardines et ne laissa de la livre de chocolat que deux carreaux. Le père reçut le colis sans jamais savoir ce qui manquait. Son épouse, elle, le sut. Elle notait tout ce qu'elle envoyait et demandait à son mari de décrire en détail le contenu du colis.

À son premier anniversaire, l'enfant, qui avait cessé de s'abreuver au mamelon de sa mère, voulait sans arrêt se tenir debout et marcher dans la maison. Sa mère, qui en avait assez de glisser un tissu sous les bras de l'enfant pour l'accompagner dans ses premiers pas, fit un trou dans la plus vieille des chaises de la maison. L'enfant déambulait à son gré dans la cuisine pendant que mère et fille réunissaient conserves, pots de confiture, cake, pain d'épices, sucre, nescafé et chocolat. L'été suivant, alors que l'enfant marchait maintenant bien droit, il vit à ses pieds un drôle de colis et entendit sa mère dicter à Veevie : « Deux paires de boules de pétanque diamètre 92, poids 1 030 grammes, une paire de tir diamètre 98, poids 1 050 grammes, et une paire de point diamètre 94, poids 1 150 grammes, le tout en qualité supérieure. Il faudra ajouter la note de frais d'achats, d'emballage et de déplacement pour que les officiers remboursent tout. »

Puis les prix grimpèrent. Les réserves en biscuits du père s'épuisèrent. L'enfant déambulait de la cuisine au salon pendant que sa mère et sa sœur se débattaient avec les cartons. On se mit à nouveau à envoyer des biscottes et des pains recuits à quoi on ajoutait du tabac, du lait en poudre et des légumes secs achetés à des prix exorbitants. Une grosse boîte de conserve de viande arriva en partie abîmée. Le père le déplora. La mère aussi. Mais cela ne la découragea pas : il fallait maintenant accélérer la cadence des envois, forcer sur le poids et améliorer encore davantage l'emballage des prochains colis. Quand elles le pouvaient, Veevie rapportait de l'école des papiers épais, et la mère du carton plus résistant qu'elle trouvait chez de généreux commerçants. L'enfant parvenait à se hisser sur la pointe des pieds pour observer sa mère glisser l'inventaire à l'intérieur du colis, ficeler une première fois, envelopper le tout dans un papier épais et ficeler une seconde fois en serrant le plus fortement possible. Sa sœur inscrivait ensuite l'adresse à l'extérieur du paquet.

Quand l'enfant eut deux ans, on cloua une planche sur la chaise, on y mit un petit coussin et on l'y installa. Une cordelette qui passait de son ventre jusqu'au dos du siège le maintenait en place. Bien calé sur ce nouveau trône, ses yeux allaient des mains au tas de victuailles. Cette fois, on envoyait des haricots secs, de l'ail, des oignons, du poivre et, bien que ce fût une denrée de plus en plus rare, un bout de lard. À compter du printemps qui suivit, de nouveaux cartons furent mis à disposition des familles, et les envois de fromages et de vin autorisés. On ajouta donc une bouteille de bourgogne. Le paquet arriva en piteux état, le papier en lambeaux, le carton tout disloqué. À cause des doryphores, les pommes de terre furent confisquées. Manquait un saucisson. Mais la bouteille, elle, arriva en parfait état.

Le jour où le garçonnet eut la scarlatine, le père montait dans un train qui l'emmenait une frontière plus loin. Le jour où Veevie apprit un nouveau chiffre romain, le père construisait un petit appareil fait de planches, de boîtes de conserve et de terre glaise, et écrivait qu'il était à nouveau possible de cuire les féculents ainsi que les haricots blancs. On se remit à envoyer des haricots, des macaronis et du riz, mais il n'y avait plus de thé. Parfois, Veevie voyait sa mère glisser un papier fin dans le fond du colis. Un seul regard suffit à lui faire comprendre que, de cette chose-là, il ne parlerait pas.

Au troisième anniversaire de l'enfant, la cordelette disparut. Jojo, qui savait maintenant se tenir debout sur la chaise, était chargé de nommer à haute voix le contenu étalé sur la table. Il parlait fort et bien distinctement. Pendant que sa mère positionnait chaque élément dans le fond du carton, Veevie s'appliquait à retranscrire les mots sur papier, écrivant bien lisiblement une liste qui serait ensuite glissée sur le haut du paquet. La table devenait un dictionnaire ouvert pour le cadet et une dictée pour l'aînée. Une bassine de fer, un blaireau à barbe, deux nouvelles pantoufles, une brosse, du dentifrice solide, de la Quintonine, une pipe à tabac, un livre, une brosse à laver, un produit pour le nez et deux chaussons en peau de lapin. La laine ayant disparu des rayons depuis plusieurs mois, la mère s'était résolue à s'équiper d'une petite machine pour coudre elle-même les chaussons demandés. Un jour d'automne, elle héla Chenapan et dit « Combien pour cette peau-là ? ». Le gamin des rues répondit « Cent francs ». C'est dans cette peau que la mère confectionna deux chaussons. Jojo avait assisté à leur fabrication du début à la fin. Il les trouvait doux comme des chatons et aurait bien aimé les garder pour lui et continuer à les caresser. Mais sa mère dit « Ce n'est pas pour toi », les fourra à l'intérieur du colis et ferma le carton.

Au colis suivant on tenta l'envoi de riz, d'un cake, d'une tranche de fourme de Montbrison, de pain concentré, de paquets de biscuits à dessert, d'une petite fiole de liqueur de menthe et d'un potage en sachet. La mère ajouta au dernier moment une photo d'elle portant ensemble noir et chapeau de velours, et une autre des enfants. Mais ce colis fut livré à un autre. Si bien qu'à la place du riz, du cake et de la lettre cachée, le père reçut du couscous, quelques bonbons et des pois cassés. On ne sut jamais ce que devinrent la lettre et les photos.

Quand le café devint rare, on le remplaça par l'orge.

Quand le savon vint à manquer, on envoya du percarbonate de silicium.

Le vin redevint interdit.

Les légumes aussi.

Le sucre disparut.

Le nescafé aussi.

Certains colis furent à nouveau pillés. D'autres arrivèrent avec tant de retard que les fromages avaient durci et que les conserves étaient gâtées. Et l'on s'occupa tant des colis qu'on oublia que, pour l'enfant, le père n'était rien d'autre qu'un portrait épinglé dans le salon et un ventre impossible à rassasier. Une image fixe, un ogre dévorant des montagnes de victuailles.

Aujourd'hui Jojo est debout sur une chaise et demande à sa mère : « Comment qu'on fait pour marcher sur l'eau ? » Sa mère répond : « C'est impossible. » L'enfant continue : « Pourtant il l'a bien fait le petit Jésus. » Sa mère répond : « C'était un miracle. » L'enfant continue : « Comment qu'il a fait pour multiplier le pain ? » La mère répond que cela aussi, c'était un miracle. « Jésus seul sait faire des miracles. » Elle place un petit pot de miel et une boîte contenant trois fromages dans le fond du carton. L'enfant insiste : « S'il sait faire des miracles, pourquoi qu'il s'est pas échappé quand c'est qu'il s'est fait arrêter ? » Veevie jette un regard noir à son frère, puis observe sa mère dont les mains se sont immobilisées. Elle prend une grande inspiration et répond que l'on ne peut pas tout comprendre, pas tout expliquer, qu'il y a dans la vie des mystères très grands et que, pour bien vivre, il vaut mieux ne pas chercher à tout comprendre. Les mains de la mère retournent à leur tâche : trouver la meilleure façon d'empaqueter une boîte de six œufs. Jojo regarde l'emballage, tente de se satisfaire des paroles de sa mère. Mais ces quelques mots ne le contentent pas, mais alors pas du tout. Il est à l'âge où l'on réclame des réponses claires et où le malaise des adultes attise la curiosité plutôt qu'il n'impose le silence. Et cette histoire de miracle qu'on lui raconte tous les dimanches à l'église Saint-François ouvre en lui un fol appétit de questions. Il ne comprend pas qu'on puisse multiplier les pains, guérir des maladies, marcher sur l'eau, mais être incapable d'échapper à la main du bourreau. Alors, quand la mère attrape une ficelle, entoure la boîte d'œufs et commence à faire la boucle, Jojo réitère sa question. « Pourquoi qu'il s'est pas évadé ? » Les mots du gamin viennent, comme un couperet, se planter dans la poitrine de sa mère. Ses doigts nerveux ferment le nœud en même temps qu'un autre se forme dans sa gorge. Et, à une hauteur de voix bien trop aiguë pour pouvoir réellement feindre d'être calme, elle répond qu'il n'est pas toujours possible de sortir d'un endroit si facilement, qu'il risquerait d'être fusillé, d'être envoyé encore plus loin, qu'il risquerait de mourir pour rien et que l'on n'entende plus jamais parler de lui. Veevie tente de ramener la voix de sa mère dans les graves en glissant la boîte d'œufs entre le pot de miel et les trois fromages. Mais cela ne fonctionne pas. Non seulement la boîte ne trouve pas sa place dans le fond du carton, mais la voix maternelle se met à mouliner des mots très rapidement, disant, toujours à cette hauteur bien trop aiguë pour cacher une colère sourde, que c'est facile d'être ici, là, en face d'une table, dans une maison confortable, c'est facile d'imaginer des tas de choses, mais que la réalité est bien différente et puis qu'elle n'a pas le temps de répondre à toutes ces questions stupides, que gérer le quotidien c'est déjà difficile, qu'elle ne sait pas s'il y aura du lait demain et que cette boîte d'œufs n'est vraiment pas assez épaisse et que ces cartons ne sont pas assez solides et qu'il y a encore mille autres choses à faire alors si on pouvait éviter de lui faire perdre son temps en lui posant des questions à tout bout de champ ce serait mieux. Les mots prennent maintenant des virages abrupts, on dirait qu'ils vont plus vite à chaque phrase, sa voix grimpe les étages. Elle dit à son fils qu'il ferait mieux de descendre de cette chaise sinon il va finir par tomber et se casser la margoulette, qu'il faut maintenant faire la liste de ce que contient le colis pour qu'à réception le père vérifie que le contenu est au complet et qu'il faudra penser à noter la nouvelle adresse parce que, au cas où les enfants l'auraient oublié, leur père doit être en ce moment dans un train qui l'emmène dans un autre camp où ils seront des milliers et qu'ils ont bien du courage, tous ces hommes qui servent la patrie, qu'ils ne sont pas comme d'autres qui se la coulent douce et qu'elle espère que ce nouveau camp ne sera pas pire que celui d'avant mais qu'on ne peut jamais savoir… Jojo déjà ne l'écoute plus, il regarde à travers la fenêtre. La silhouette de Chenapan apparaît sous la lumière du lampadaire. L'enfant dit à sa sœur : « Regarde ! » Veevie tire légèrement le rideau. La pluie dégouline le long du carreau. Elle reconnaît aussitôt la dégaine du voyou avec sa pèlerine de drap brun toute rapiécée et ses gros sabots de bois. Chenapan les fixe insolemment. Il tient dans une main un panier plein de limaçons et, dans l'autre, un escargot. Il leur sourit et, comme d'autres jouent avec des grains de raisin, il lance l'escargot dans sa bouche et le croque d'un coup. Veevie retient un cri. Jojo voudrait applaudir. Les deux font une grimace, et Veevie dit : « Quel idiot celui-ci ! » Leur mère ne les entend pas, elle est tout occupée à ficeler le paquet en disant que cent douze ordonnances pour mille cent cinquante officiers ce n'est pas beaucoup, que leur père a dû passer beaucoup de temps à préparer les bagages de tous ces hommes gradés avant de porter leurs valises jusqu'à la gare, que ce travail a dû être éreintant, qu'elle espère que ce colis va arriver à destination parce que le précédent a été pillé et qu'il faudra bientôt refaire une photo parce que les enfants grandissent vite.

Jojo descend de la chaise.

Veevie referme le rideau.

L'appel commence. Les noms s'égrènent. Chaque patronyme est lancé comme une question à laquelle les filles, chacune leur tour, répondent en écho « Présente ». Et, vers la fin de la liste, la maîtresse lance ce nouveau nom, Lola Page. Le nom rebondit dans les oreilles de Veevie. Elle le trouve doux comme une nouvelle mélodie. L'inconnue, juste à côté d'elle, ne répond pas à l'appel, ne répond pas en écho. Le nom reste suspendu entre le portrait du maréchal, le stylo de la maîtresse et le regard éteint de la nouvelle élève. Veevie tourne un peu la tête pour observer l'inconnue, en biais. Discrètement, du coin de l'œil, elle l'épie. On dirait une vieille dans un corps d'enfant. « Lola Page pour la seconde fois ! » Rien d'elle ne frémit, rien, rien ne bouge. L'inconnue semble évanouie dans un coton lointain. Veevie tourne franchement la tête vers sa voisine pour la sortir de son étrange immobilité, lui donner de l'élan, la réveiller, la faire revenir ici, au premier rang. Mais elle a beau la fixer clairement du regard, l'inconnue paraît ficelée à l'intérieur d'elle-même. « Lola Page ! » Cette fois, Veevie lui donne un petit coup de pied. Subitement, l'inconnue lève le doigt. Et, comme si elle s'extirpait des ténèbres, dans un souffle si petit qu'il manque presque d'échouer au bord du bureau de bois, elle dit : « C'est moi. » Elle ne dit pas « Présente », elle dit « C'est moi ». Et ces deux mots-là semblent l'avoir sauvée de quelque chose de très noir. Le maréchal cesse de la fixer. La maîtresse trace la croix dans le cahier. Lola se tourne légèrement vers Veevie, plante ses yeux dans les siens. Veevie vacille en entier. Elle n'a encore jamais vu de mystère aussi grand dans les yeux de quelqu'un. Lola vient de s'installer tout près d'elle et, par sa seule présence, déséquilibre tout l'espace. Veevie se promet de tout faire pour connaître le secret qui entoure Lola Page.

Le soir, Veevie ne trouve pas le sommeil. Elle a beau visualiser son corps traversant les étages, descendant jusqu'à la cave, elle ne parvient pas à voler sur la ville. Le regard de Lola la poursuit et l'obsède comme des lests qui la retiennent au sol et font ramper ses rêves. Au loin, le son d'une sirène. Ce n'est pas pour la Grande Noire ce vacarme-là, le son vient de plus loin, de l'autre côté de la ville, derrière le crassier. Soudain, un éclair magnifique traverse le ciel suivi de l'éclat du tonnerre. Veevie se lève et s'installe debout face à la fenêtre. C'est un orage sec, sans une seule goutte. Orage aride, avare de pluie. Derrière le terril, la terre tremble. La porte de la chambre s'ouvre. La mère entre. Elle regarde son plus jeune enfant. Il dort, la bouche entrouverte. Malgré les secousses de la terre, il dort. Il ne bouge pas. Il semble être ailleurs, dans un autre temps, une autre ville peut-être. La mère s'approche de son aînée, prend sa main dans la sienne, pour la rassurer. À moins que ce ne soit l'inverse. À travers les vitres, des zébrures. Immenses. Comme si le ciel tentait de s'habiller de jour, ici, maintenant, au milieu de la nuit. Entre la respiration courte de la mère, l'apnée de la fille et le souffle tranquille de l'enfant, le temps s'étire, se court après, s'impatiente de lui-même. Les yeux sont hypnotisés par le spectacle des éclairs. Il est minuit, et on entend un roulement de tambour ininterrompu. Des secousses. Et toujours cet orage sec, sans une seule goutte d'eau. Dans ce bout d'éternité, là où les mots cessent, le silence de la mère devient plus bruyant encore que l'orage sans pluie, plus assourdissant que le fracas des explosions de fer. L'enfant dort. Il ne faut pas le réveiller. Le ciel est zébré de toutes parts. Demain, sa sœur lui racontera qu'il y a eu un orage beau comme un feu d'artifice. Il ne faut pas s'inquiéter. Puisque ce soir, aucun éclat ne vient casser la vitre. Pourtant, mère et fille pressentent que quelque chose déjà vient de se briser.

Depuis quelques jours, les rues sont placardées d'immenses affiches sur lesquelles on voit une femme souriante, embrassée par un bébé et une fillette. L'image est enrubannée d'une frange tricolore. Un pot de muguet trône au premier plan et, juste en dessous, on peut lire, écrit en lettres capitales rouges, JOURNÉE DES MÈRES. Veevie dit « Faudra lui faire un cadeau », Jojo répond « D'accord », et ils reprennent leur route. Ciel éclatant, lilas, campanules, tout est là qui fait qu'on est bien sûr d'être au printemps. Au pied de la colline, devant la boutique de la crémière, une longue file. Les cuves ont été réapprovisionnées aujourd'hui, alors chacun vient se poster ici avec son ticket de rationnement. Les enfants, qui ont droit à un quart de litre par jour, se glissent dans la file. Devant eux, une fillette. Derrière, deux femmes dont une qui parle vite. Pas très fort. Veevie tend l'oreille.

« Elle avait fermé l'épicerie depuis quelques minutes, ses filles venaient juste de se mettre au lit parce que dans cette famille-là c'est des vrais couche-tard, c'est quand elle a baissé le rideau de la boutique que les sirènes ont braillé alors elle est retournée dans la chambre et elle a dit aux filles Vite vite remettez vos habits alors les deux filles elles se sont rhabillées rapidement et toutes les trois elles sont sorties elles ont pris la route de Montrambert et c'était la nuit mais pourtant c'était le jour, le jour en plein milieu de la nuit qu'elle m'a dit, c'était comme si les étoiles tombaient du ciel et les feuilles de papier aussi si si j'te jure c'est c'qu'elle m'a dit des feuilles de papier d'partout qui tourbillonnaient dans le jour-nuit avant de toucher le sol alors elle a ramassé un papier mais elle l'a pas lu tout de suite le papier c'est c'qu'elle m'a dit parce que c'est pas possible de lire en courant, même en marchant d'ailleurs, j'ai essayé et c'est quasiment impossible on dirait pas comme ça mais on a autant besoin de nos yeux que de nos jambes pour courir et là ce qui était important c'était de courir alors elles couraient elles couraient elles couraient j'te jure elle me l'a dit tellement de fois On courait on courait on courait, que les mots dévalaient de sa bouche, on aurait dit qu'elle pouvait pas s'arrêter de répéter On courait on courait on courait, j'ai même cru qu'à force de le répéter On courait on courait on courait, j'ai cru qu'à force elle allait se mordre la langue mais non, elle s'est pas mordu la langue elle l'a répété encore dix fois au moins et après elle a dit que y a eu le bruit des avions et celui des explosions, tu vois celui que nous on a entendu, mais nous on était loin alors qu'elle, elle était juste à côté et c'qu'elle m'a dit aussi c'est que à chaque fois qu'il y avait une explosion, elles se couchaient sur le sol puis ensuite elles se relevaient et elles continuaient à courir, alors moi j'me suis dit qu'il faut être en forme pour fuir le jour qui arrive en pleine nuit et puis au bout de la course, elles ont trouvé une villa et un jardin et un monsieur qui a dit Venez, venez ici, il y a la cave on y est en sécurité ! et les explosions ont duré une heure boum sur boum, boum sur la droite et boum sur la gauche tout ça à cause d'un pigeon voyageur qui a envoyé l'information sur l'usine de roulements à billes et du coup c'est pour ça qu'ils ont tiré sur l'usine et elle a dit que ça avait duré une heure et que c'est là qu'elle a lu le papier sur lequel y avait écrit qu'il y avait des bombes à retardement qu'il fallait quitter rapidement les lieux alors ils sont sortis et les pompiers ils leur ont dit de partir tout de suite d'ici que ça allait péter bientôt alors elles sont parties à nouveau et une demi-heure plus tard, la bombe a détruit la villa et la cave aussi mais le monsieur heureusement il était parti à temps et c'est pour ça que maintenant il leur faut un abri donc comme j'avais c't'appartement avec les deux pièces qui me servait plus depuis quelque temps j'ai dit Ben venez quand même que je suis votre cousine et que c'est pas parce qu'on pense pas toujours les mêmes choses qu'on va rester fâchées non ? et donc c'est pour ça qu'elles sont là maintenant et ça fait bizarre de les avoir comme voisines mais quand même j'suis contente et puis elles aussi parce qu'hier elles sont retournées sur les lieux eh ben tout le bâtiment a été coupé en deux et le billard en morceaux et les poupées des filles fracassées. »

Et seulement à ce moment-là, la femme reprend son souffle.

Veevie se dit que cette femme a parlé sans aucun point, qu'il manquait pas mal de virgules, qu'elle n'avait jamais entendu un monologue aussi dense, aussi compact, que cela n'avait rien à voir avec les leçons de déclamation que donne la maîtresse et que c'est peut-être pour ça qu'il avait la force d'un pavé. Un pavé si lourd qu'à lui tout seul il pourrait sûrement casser une vitre, ouvrir des fenêtres, peut-être même enfoncer une porte. C'est à ce moment que lui vient l'idée d'offrir à sa mère des pierres, des cailloux, des diamants ou des galets, quelque chose de dur qui aurait le pouvoir de dynamiter l'attente. Dans la file, sept personnes sont devant eux. Jojo s'amuse à mettre et à enlever le couvercle. Il faudrait aussi quelque chose qui absorbe, comme une éponge, quelque chose qui rende captive la tristesse pour éviter à leur mère de devoir sans cesse tout transformer en mots. Dans la file, moins une personne. Et que ce soit joli aussi. Joli comme un collier de pâquerettes, de marguerites ou des pissenlits. Mais quelque chose qui ne fane pas. Jojo dévisse le couvercle, le visse à nouveau. File moins une personne. Et quelque chose qui ait du pouvoir, qui éloigne le mauvais sort comme une tresse d'ail, une pincée de sel, une formule magique. File moins une personne. Et réchauffe comme les boulets de charbon. Mais le charbon, ça tache, trop noir, trop visible. Ils arrivent bientôt au bout de la file, devant eux il n'y a plus que cette fillette à peine plus grande que Jojo qui tend son pot à la crémière. Un collier de bouts de craie, de charbon et de sable. La crémière refuse de prendre le pot de la fillette. Sans même l'inspecter elle dit « Ton pot n'est pas propre ». La fillette répond « Si, il est propre, maman l'a lavé avant de me le donner ». La crémière croise ses bras sur son tablier aussi rouge que ses joues. « T'as qu'à lui dire de recommencer. » La fillette part en ravalant sa rage et sa fatigue. C'est long une file d'attente. Un petit pavé vient de se planter dans sa poitrine, pense Veevie. Il y a des mots qui soulagent et dilapident la haine, d'autres qui la sèment en plein cœur du printemps. Elle aimerait dire à la fillette de l'attendre, qu'ils partageront leur portion de lait avec elle, mais aucun son ne sort de sa bouche. La méchanceté de la crémière l'a rendue muette. Quelque chose commence à se fêler dans le cœur de Veevie. Une brisure si fine qu'on pourrait ne pas la voir. Puis la crémière sourit à Jojo et dit « Qu'est-ce qu'il veut mon joli ? ». Veevie voudrait jeter un pavé dans le visage rougi de l'épicière, lui dire que son lait sent la bouse et que son regard de vieille mégère est plus laid que le derrière de la vache Laïka, mais elle ne dit rien. Ils ont trop besoin de lait. Elle ne dit rien et tend le carton de rationnement en souriant. « Deux portions enfant s'il vous plaît. » La crémière tamponne le carton, verse deux louches de liquide blanc dans la biche de lait que lui tend Jojo et, en lui tapotant le dessus de la tête, dit « Tu es bien mignonnet avec tes jolies bouclettes. »

À l'angle de la rue, Chenapan s'entraîne à viser un lampadaire avec son lance-pierre. Son tir atteint sa cible. Une vitre éclate et tombe à terre. Il part en riant et en criant « Je l'ai eu ! ». Veevie se tourne vers son petit frère et dit « J'ai trouvé ce que nous allons offrir à maman ».

À leur retour, un homme est là. Qui pourrait être le père. Les enfants hésitent à entrer dans le salon. Leur mère les y invite.

« Je vous présente monsieur Truchaud, c'est un ami de papa. Il est revenu de là-bas. Lui, il a le droit de revenir. Mais pas votre papa, pas encore.

Lui a pu revenir parce qu'il a trois enfants alors que papa, lui, n'a pas trois enfants, il n'en a que deux. Et puis ce n'est pas un paysan, ni un ancien combattant, ni un grand malade alors c'est pour cela qu'il ne peut pas revenir, pas maintenant vous comprenez. Venez, venez, asseyez-vous. »

Les enfants dévisagent l'inconnu. Il ressemble tant au portrait du père. Une moustache, un chapeau, un costume sombre. Truchaud dit :

« Cet hiver, il a fait très froid, parfois la température tombait à moins vingt degrés, il y a eu de grosses rafales et beaucoup de neige. Mais heureusement le printemps est là pour réchauffer le continent entier, n'est-ce pas ? »

Sa voix est grave. Grave et granuleuse.

« Nous sommes trente-six à vivre ensemble dans la même chambre. Alors soyez certaine que nous n'avons pas le temps de nous ennuyer. Et quand bien même nous trouverions le temps long, il y a mille manières de s'occuper. Certains en profitent pour étudier puisqu'il y a une grande bibliothèque, d'autres montent et jouent des pièces de théâtre, d'autres encore proposent des conférences, des cours de langue, de comptabilité, et chaque jour nous faisons des promenades dans le parc. Nous avons même eu la chance d'aller au cinéma parlant, trois fois. Chaque séance se compose d'un film d'actualités, d'un documentaire et d'un grand film. Ce qui est un peu dommage, c'est que nous ne comprenons pas la langue dans laquelle les acteurs jouent. La subtilité des dialogues nous échappe. Mais la dernière fois, nous avons trouvé une façon de remédier à ce problème. Certains d'entre nous traduisent à haute voix le résumé qui est affiché dans le camp. Une meilleure solution serait d'apprendre la langue de l'ennemi évidemment. Et c'est possible puisque des cours de langue sont donnés chaque jour. Mais cela je vous l'ai déjà dit n'est-ce pas ? »

Truchaud avale une gorgée d'eau et s'adressant à leur mère dit :

« Je suis chargé de vous dire que votre mari va bien, il s'entend bien avec tout le monde. Il va régulièrement à la messe. Il est gentil et partage ce que vous lui envoyez dans les colis. Il se lève tôt le matin et fait toute une série d'exercices pour avoir le ventre dur et plat. Il pratique également la course à pied en longeant les barbelés. Le seul petit souci qu'il rencontre, ce sont ses yeux. Ses problèmes de vision lui rendent parfois la vie un peu difficile. Certains jours il peine à se déplacer. Mais à part cela, tout va pour le mieux.

— Des problèmes de vision ? Mon mari n'a pas de problèmes d'yeux ! De temps en temps il souffre de sinusite, mais sa vue est impeccable.

— Ah ! Alors peut-être me suis-je trompé. Peut-être ai-je confondu votre mari avec un autre homme. Mais vous savez, au fond, peu importe que je le connaisse ou pas, puisque la vie au camp est la même pour tout le monde. »

Il ouvre la mallette de cuir marron posée à ses pieds et en sort un petit album cartonné. Il le tend vers l'épouse en disant :

« Voilà quelques images que j'ai rapportées du camp. Elles devraient vous permettre de vous faire une idée plus précise de la vie là-bas. »

La mère se saisit du petit livre.

Truchaud se lève. Remet son chapeau. S'excuse pour le dérangement. Et sort de la maison. On le voit qui toque à la porte de la maison suivante. On l'entend qui dit : « Votre mari est prisonnier, j'ai des nouvelles à vous donner. »

Puis il disparaît chez la voisine.

L'album est fin et long. C'est un format à l'italienne. Relié par un cordon. Sur la couverture grenat, un numéro et un lettrage sont gravés en blanc.

« Ça ne correspond pas au camp de papa, dit Veevie, c'est un F au lieu d'un G.

— Peu importe, répond sa mère, le chiffre romain est identique. Ça vient donc d'un camp qui se situe dans le même secteur que celui de votre père. »

Jojo ouvre l'album. Sur la page de garde, sur un joli papier cartonné écru, est écrit au centre *Vingt-cinq images de Carlut* et en bas en petit à droite *cent trente-sixième exemplaire sur mille*. Veevie lit ce titre à haute voix.

Jojo tourne la page.

Un joli dessin aquarelle surgit avec, au premier plan, une rangée d'arbres bien verts, au second le clocher d'une église, le toit des maisons et derrière, au lointain, un massif de montagnes grises. Le ciel est symbolisé par deux zigzags blancs et brillants.

Jojo tourne la page.

Maintenant c'est un grand bâtiment moderne à quatre étages devant lequel deux personnes jouent au badminton. Un petit groupe regarde le match.

Jojo tourne la page.

Des maisonnettes aux portes grandes ouvertes. Une personne qui lit dehors, deux autres qui discutent, accoudées à la fenêtre, une autre qui se promène, mains dans les poches.

Page suivante.

Un grand lavabo, quelqu'un qui se lave les pieds, un autre qui se rase, un autre encore qui se brosse les dents en tenue de nuit. L'un d'eux porte un short bleu.

Jojo tourne la page.

Mais sa mère, soudainement, referme le carnet et dit à ses enfants

« Il est tard, nous regarderons la suite une autre fois. »

Elle se lève. Range le carnet dans le tiroir de la commode et disparaît dans la cuisine. On dirait qu'elle fuit quelque chose de très épais et de poisseux.

Le lendemain, la mère fait rouler les mots sous son palais. Elle parle à voix basse. Veevie la regarde sans la regarder. Les œillades entre mère et fille sont dures mais pas assez pour devenir murailles. Il en faut plus pour que deux femmes construisent des murs entre elles. Là, il n'en est pas question. Au contraire, il est question de pont entre les vivants. Au bout d'un interminable murmure, la mère dit simplement : « Emmène ton frère dehors, allez prendre l'air. » Veevie prend Jojo par la main. « Viens, on va rendre visite à Gaby. »

La mère est seule. Enfin seule. Elle peut redevenir femme, redevenir Suzanne. Elle peut emplir la maison de mots. Elle attrape la boîte en fer-blanc qui est sous le lit. Elle l'ouvre, y ajoute les dernières correspondances qu'elle n'a pas encore eu le temps de ranger. Puis sort de son enveloppe la première lettre cachée qu'elle a reçue et la déplie. En sentant le papier fin sous ses doigts, elle revoit ce matin de juillet, lorsqu'elle avait reçu cette lettre accompagnant un colis. Son mari lui écrivait qu'il lui faisait parvenir des pantoufles, que quelque chose lui faisait très mal au talon droit, que le problème se situait sans doute entre le feutre et la semelle. Il avait souligné ces derniers mots. Au début, elle n'y prêta pas attention. Elle ne comprit pas tout de suite. Mais, quand deux jours plus tard le découd-vite dégrafa la godasse, elle découvrit, bien planquée dans la doublure de la semelle, une lettre pliée en huit. Des mots en débordaient, écrits si petits qu'il lui avait fallu du temps pour tout déchiffrer. Puis l'émotion l'avait submergée. Sûrement même avait-elle rougi. Et, avant d'en avoir terminé la lecture, elle avait replié minutieusement les trois feuillets fins comme du papier à cigarette pour les ranger dans la commode. En fermant le tiroir, elle avait laissé échapper un gémissement étranglé, un son rauque, mélange de souffrance et de jouissance. Un vertige puissant avait parcouru tout son corps. Elle avait manqué perdre l'équilibre et pris appui sur la commode. Les enfants crurent qu'elle tombait malade. Aujourd'hui, puisqu'elle est seule, elle déplie les morceaux de papier fin et les relit. Encore une fois.

À tout hasard je tente de te faire passer autrement que par la voie officielle ce mot rapide. J'espère néanmoins qu'il arrivera. Si oui dans prochaine lettre tu n'as qu'à mettre phrase suivante « la lettre que je croyais égarée vient d'arriver ». Tu peux toi aussi m'envoyer lettres dans colis en ayant soin de les cacher adroitement dans fond sac de denrée quelconque : pâtes, riz, café, etc. Les colis sont contrôlés à l'arrivée, tout n'étant pas défait. Ce qu'il faut éviter c'est que le paquet contenant lettre ne soit éventré à l'arrivée. Ne rien glisser dans tablettes chocolat dont le papier est enlevé à la réception des colis. Pour éviter ennui en cas de découverte, t'en tenir au langage habituel sans critiquer notre vainqueur. Nous sommes bien traités et la population civile ne montre aucune haine envers nous. Les restrictions deviennent plus grandes si on en juge par le régime qui nous est appliqué. Nous avons maintenant une boule de pain d'1,5 kg pour 6 jours au lieu de 5 avant. Tisane le matin, à midi soupe, environ un litre soit de rutabaga, petit blé, semoule avec quelques rares pommes de terre. Elle est plus claire qu'autrefois. Parfois maïs, assez rarement morue frite – morceau comme la main – avec 5/6 patates. Viande environ 80 gr net par semaine, c. à. d. déchets et os réduits. Le soir casse-croûte : margarine, 20 gr de saucisse (un morceau long comme le pouce), ersatz de from. blanc ou conf. (1 cuill) ou petits from. secs. C'est assez peu, et les colis sont nécessaires. Je crains que le papier soit trop mince et qu'en écrivant des 2 côtés il t'arrive illisible. Je prends une autre feuille.

Vivement que ces barbelés disparaissent pour toujours, car, sans être trop malheureux, on l'est assez, et la vie de prisonnier, surtout lorsqu'elle dure si longtemps, n'est pas drôle. Pour en revenir à notre correspondance tu n'auras qu'à me dire que telle chose est « très bonne » pour que je sache où trouver ta lettre sans rechercher lorsque les colis arriveront. Si le contrôle devenait trop serré, je dirais « ne m'envoie plus de kub » et tu cesseras aussitôt ce petit trafic. Dis-moi quel sentiment général quant à la victoire escomptée. Que le jour du retour sera beau petite poupée chérie. Après une si longue séparation, nous allons nous retrouver et nous serons comme des jeunes mariés. Une belle lune de miel commencera pour nous. Nous nous aimerons comme des fous et je suis privé de toi depuis si longtemps que je brûle d'envie de pouvoir à nouveau te serrer dans mes bras. Qu'elle sera troublante cette première nuit d'amour et combien sera agréable le moment où j'enlèverai ta petite culotte. Tu seras toute frémissante de te glisser dans mes bras près de moi, en chemise de nuit. Ma main fébrile aussitôt se promènera sur tes beaux seins, les palpant et les re-palpant, excitant les bouts. Je caresserai tes bras, tes épaules et descendrai sur tes genoux. Je remonterai progressivement sur tes belles cuisses pour peloter tes fesses si excitantes. Ensuite j'irai devant : je chatouillerai amoureusement ton petit bouton, je le sucerai à t'en faire crier…

Suzanne arrête sa lecture chaque fois au même endroit. La suite est devenue trop intense pour sa fade solitude. La voilà donc qui replie la lettre et la range avec les autres lettres cachées. Leurs *kubs*. Comme les épices qui sauvent la soupe, qui donnent au plus clair des potages un peu de sel et de saveur. Les *kubs* se faufilent dans les colis, passent à travers les mailles, échappent aux gardes. Ces lettres cachées sont d'une extrême fragilité. Si fines. Trop fines pour être rangées au milieu de la correspondance réglementaire, calibrée et censurée. Une fois que ce premier *kub* a repris sa place, Suzanne vérifie le classement chronologique des autres lettres. Et décide de les reclasser. Non plus par ordre chronologique, mais selon leur puissance érotique. Comme un nuancier d'amour, comme une palette de sentiments. Et, une fois que toutes les enveloppes dessinent un nouvel ordre des choses, elle s'empare d'un stylo et se met à écrire. À écrire partout. Sur les murs blancs. Sur les pieds du lit. Sur les montants. Sur les plinthes, elle écrit. Elle écrit partout. À haute voix, à voix basse. Elle inscrit les mots sur la table de chevet, sur l'abat-jour. Elle arrache des petits bouts de tapisserie pour dégager de l'espace blanc et y inscrit des phrases. Derrière l'armoire, à gauche de la porte, sous le sommier. Elle danse avec les mots jusqu'à épuisement. Puis elle s'empare d'un boulet de charbon et trace en gros, comme un graffiti, tout en haut du mur qui fait face au lit, elle écrit *C'est par l'absence que l'on connaît l'amour.*

Depuis l'autre bout de la rue, Gaby reconnaît la démarche de son amie. Elle pose aussitôt les cruches d'eau sur le sol et accourt à la rencontre des visiteurs en disant :

« Hé ! Chouette que vous soyez là. Salut Jojo. »

Les deux amies claquent leurs mains l'une contre l'autre.

« Vous tombez bien parce que mon père il est pas là. Et vous savez pourquoi ? Ben il est parti au dispensaire, c'est à cause de l'anémie.

— C'est quoi l'anémie ?

— Ben c'est une affaire de larve qui rentre par la peau, qui rentre dans le sang, qui va jusqu'aux poumons, puis ensuite la larve elle remonte jusqu'au pharynx, tu sais ce que c'est le pharynx ? Eh ben c'est là, vers la gorge et du coup après elle se fait avaler la larve, alors du coup, elle va dans l'intestin, dans le ventre quoi, et une fois qu'elle est là, bien en place, bien au chaud, elle se met à pondre et tu sais combien d'œufs elle pond par jour ? Tu devineras jamais. Eh ben elle peut pondre dix mille œufs en une seule journée. Et après ça fait l'anémie tu comprends ? et c'est pour ça que mon père il est au dispensaire. Du coup ben, c'est moi qui suis chargée des canaris. Et donc si vous voulez je peux vous les montrer les canaris. Parce que normalement mon père il aime pas quand c'est que j'fais venir quelqu'un à la maison. Mais comme il est pas là, je vais vous les montrer. Tu veux voir les canaris, Jojo ? »

Le gamin répond « Oh bah oui alors ! ».

Gaby entraîne ses amis vers la fontaine, prend les deux cruches d'eau pleines à ras bord, en tend une à Veevie et dit « Suivez-moi ».

La tribu monte l'escalier. Odeur de pisse et de moisi. Comme dans la cave, pense Veevie. Au deuxième étage, Gaby pose une cruche sur le palier en criant « Voilà ta cruche, mamie ». On entend un grognement gras à travers lequel Veevie croit comprendre « C'est pas trop tôt ». Ils montent la dernière volée de marches. Gaby pousse une petite porte de bois et entre dans l'appartement. Elle pointe son doigt et dit « Là-bas ». Au fond d'une pièce carrée et sombre, une petite cage. À l'intérieur, deux oiseaux jaunes qui piaillent. Jojo s'approche, agrippe ses mains aux barreaux de fer. Il regarde, fasciné, les deux oiseaux minuscules qui sautillent d'un bout à l'autre de la cage. Veevie, elle, au lieu d'être attendrie par le duvet de leur plumage, observe la maison de son amie. Elle cherche du regard l'emplacement d'une chaudière, d'un évier, ou bien d'une porte qui mènerait vers une autre pièce. Mais ses yeux ne trouvent rien d'autre que deux paillasses misérables étendues sur le sol, dans le coin le plus sordide de la pièce. C'est la première fois qu'elle vient chez son amie. Et, tout autour, misère, moisi et salissures. Des lambeaux de peinture se détachent des murs. Elle ne pensait pas qu'il était possible de vivre dans un espace si sale et si petit.

Depuis quelque temps, Suzanne a cessé de se faire belle en public. Elle ne porte plus ses belles toilettes que pour de rares occasions ou pour faire des photos destinées à son mari. Et quand bien même il lui écrit qu'il se réjouit qu'elle fasse des envieux, qu'elle ne devrait pas se soucier de ce que disent les Robert et les Louis, elle se méfie des bavardages des voisines et tient à ce que rien ne puisse provoquer remarques ou moqueries. Elle porte donc aujourd'hui une robe simple. Elle rejoint les enfants pour faire une promenade. Le printemps éclate de toute part. Encore. Inutile de le décrire. Nous le connaissons tous. Et il ne faut écrire de cette histoire que l'essentiel. Il n'y a pas de place pour gâcher du papier. La troupe descend la rue, se dirige vers le parc. Chenapan chipe des cerises dans le jardin de monsieur Maigre. Jojo dit qu'il aimerait bien en manger lui aussi. Veevie répond qu'il ne faut pas voler et que Chenapan n'est qu'un voyou stupide et misérable. En arrivant dans le parc, Veevie et Jojo rejoignent une tripotée d'enfants en train de jouer au loup. Suzanne s'installe sur un banc pour discuter avec une voisine. Elle lui demande si sa grossesse se passe bien, si elle ne souffre pas trop de nausées ou de vomissements, comme ce fut le cas pour elle lorsqu'elle était enceinte de Jojo. La voisine répond que son corps a dû se résoudre à accepter ces désagréments puisque c'est bientôt son quatrième enfant et que depuis le deuxième elle n'a plus ce genre de problème. Elles sourient. Puis se mettent à causer de l'allocation pour les mères au foyer, de la prime à la naissance et des rations supplémentaires de charbon et de vêtements qui sont attribuées aux mères de jeunes enfants. Suzanne lui dit que, si elle continue ainsi, elle recevra probablement une médaille pour la féliciter d'avoir beaucoup d'enfants. Elles rient. « Le maréchal a raison quand il dit que nous sommes les inspiratrices de la nation. » Elles rient un peu plus fort. Veevie regarde les deux femmes. La brisure est toujours là, qui grandit sans faire de bruit.

En arrivant à la maison, ils trouvent tante Ninon, debout sur le perron, qui ouvre grand les bras. Les enfants courent vers elle comme vers une balançoire. Tante Ninon attrape le plus jeune, le lance dans les airs, le repose par terre et fait claquer un gros baiser sur la joue de Veevie. Puis les deux sœurs s'embrassent. Leur accolade est sincère et chaleureuse. Pourtant il y a toujours cet espace, un espace un peu froid qui les sépare. Quand Ninon dit, en écarquillant grand les yeux, « J'ai une surprise pour vous », Suzanne se méfie. Elle ne peut retenir un coup d'œil suspect en direction de sa cadette. Ninon ajoute d'un ton rassurant et joyeux « Une belle surprise pour vous trois. Venez ». Tous se réunissent dans la cuisine. Tante Ninon pose sur la table un sac de toile d'où elle déballe une grosse miche de pain frais. « C'est du vrai, pas celui à base de seigle. » Jojo ouvre des yeux gourmands. Puis elle sort un beau morceau de beurre frais. « C'est du vrai, pas de la margarine. » Suzanne demande où elle a trouvé tout ça. Ninon répond qu'elle se rend à Saint-Cyr-les-Vignes, que là-bas elle échange des tickets de chaussures, de tabac, de chambres à air ou bien de cigarettes contre des pommes de terre, des œufs et du lard. Suzanne s'inquiète, dit qu'elle est folle de prendre tant de risques, qu'elle pourrait se faire prendre, que les inspecteurs du ravitaillement dressent des barrages à l'entrée des villes, qu'ils ouvrent les sacs au hasard dans les trains, dans les gares, que les marchandises sont confisquées, qu'ils mettent des amendes alourdies parfois d'une peine de prison. Mais Ninon rassure son aînée. « Les contrôleurs ne peuvent pas être partout !

Il suffit de passer par la petite route. » Tout le monde s'assied autour de la table pour découper et tartiner les tranches de pain. Cela n'est pas arrivé depuis si longtemps que Veevie croit prendre un goûter pour la première fois de sa vie. Suzanne n'en revient pas de ce goût si doux, si tendre. Elle sourit. Puis demande à sa sœur, comme à chacune de leurs rencontres, si elle a enfin trouvé un mari. D'ordinaire Ninon répond simplement « Non pas encore », ou bien « Oui peut-être, un beau monsieur m'a proposé de faire une promenade au Jardin des Plantes ». Mais aujourd'hui la réponse est tout autre. Ninon dit « J'ai bien réfléchi. Je crois que je ne vais pas me marier ». Suzanne pense avoir mal compris. Elle insiste. « La famille, c'est important et faire des enfants aussi. Tu ne veux donc pas servir la patrie ? Si tu as des difficultés, on peut t'aider à trouver un mari. Je peux demander aux parents de trouver parmi leurs relations un homme pour t'épouser, ou même à mon mari. Parmi les prisonniers il doit y en avoir qui ne rêvent que de ça… » Mais Ninon répond « Écoute. J'ai travaillé dur pour avoir mon diplôme. Si je me marie, il me sera interdit d'exercer dans la fonction publique. Regarde, même dans le privé, les femmes mariées doivent laisser leur poste aux femmes seules ou aux hommes. Je veux exercer mon métier d'assistante sociale. Je n'ai ni envie de me marier ni envie d'être mère. Des enfants, il y en a plein les rues. Je préfère m'occuper des orphelins que de passer mon temps à chercher un homme pour faire un gamin. Je ne veux pas me marier. Je préfère rester sans mari. » Puis elle regarde Jojo et dit « Alors, quelle confiture tu as mis sur ta tartine ? » Jojo répond « Mais y a pas de confiture… » Et Ninon, en approchant la tartine beurrée de sa bouche, dit « Ah bon, moi j'ai mis une grosse couche de confiture d'abricot. C'est délicieux ! » et elle croque dans le morceau de pain en roulant des yeux joyeux. Alors Jojo répond « Ah bah moi, j'ai mis de la confiture de tirtille ». La tablée entière éclate de rire.

Après avoir englouti trois tartines, Ninon sort un papier de sa poche, le tend à Suzanne et dit « Regarde ». Suzanne déplie l'image et dit : « Oh oui, c'est une bien belle jupe ! »

Ninon poursuit : « J'aimerais la même. Tu pourrais me la faire ? »

Suzanne répond que oui, cela a l'air facile, il faudrait d'abord créer le patron. Ninon fouille à nouveau dans son sac et tend un morceau de papier à sa sœur qui le déplie, l'inspecte et s'écrie : « Mon Dieu, ce n'est pas un patron pour confectionner une jupe. C'est celui d'un pantalon ! »

Ninon reprend : « Non, ce n'est pas un pantalon. Ce n'est pas une jupe non plus. C'est un pantajupe !

— Mais enfin, tu sais bien que c'est interdit !

— Ne t'inquiète pas, puisque nous avons maintenant le droit de voter, il n'y a pas de raison que nous n'ayons pas bientôt le droit de porter des pantalons. Et, en attendant que les lois se fassent, j'aimerais pouvoir monter sur ma bicyclette sans plus me prendre les pieds dans mes jupons. »

Puis elle sort de son sac un morceau de toile beige épaisse et dit : « J'ai même le tissu. »

Suzanne se lève, va vers l'évier pour cacher son malaise derrière un verre d'eau. Cette sœur qu'elle adore ne cessera donc jamais de déranger l'ordre et les conventions. Entre son refus de se marier, son envie de porter des pantalons et les risques qu'elle prend pour ramener une motte de beurre pour faire plaisir aux enfants, elle va s'attirer des ennuis. Suzanne avale le verre d'eau d'une traite et se retourne. Ses enfants sont debout dans l'encadrement de la porte. Jojo tient dans ses mains un petit paquet bien ficelé, et tous deux, ensemble, disent « Bonne fête maman ! ». Une larme monte. Aussi belle que retenue. C'est la première fois qu'on fête la journée des mères. Suzanne est terriblement émue. Presque trop. Elle s'assied et, très délicatement, déballe le fin papier.

Elle tient maintenant entre ses doigts un petit objet étrange.

Ninon demande « Mais quelle est donc cette merveille ? ». Jojo répond « C'est un sablier ». Veevie ajoute « Ce n'est pas un sablier pour faire cuire les œufs. C'est un sablier pour dissoudre l'attente, les pavés et les piques qui se plantent dans le cœur ». Suzanne ne comprend qu'à moitié. Ninon s'écrie « Mais oui ! Un sablier pour faire avancer le temps et lui donner de l'air, c'est ça ? », « Oui ! dit Jojo, si tu regardes les petits grains couler, le chagrin va s'en aller ». Veevie ajoute « Et la peur aussi et la colère et la douleur aussi, c'est pour ça qu'on a mélangé des grains de charbon, de craie, de sable et de verre pilé ». Tante Ninon applaudit, Suzanne sourit et se retient de pleurer. Elle remercie ses petits, les embrasse bien tendrement et, dans un élan qu'on ne lui a pas vu depuis des mois, elle se lève et dit « Attendez-moi, je vais mettre une jolie robe et nous ferons une photo pour l'envoyer à papa ». Sur l'image, on voit le sourire de l'enfant berchu, le regard dur de Veevie, la peau trop blanche du décolleté de Suzanne et les mèches rebelles de tante Ninon.

Quelqu'un retourne le sablier.

Le temps s'écoule vite toute la fin de journée.

Au moment où le goulet laisse s'échapper le dernier grain de charbon, la nuit commence à tomber.

Les enfants sont prêts à dormir. En ouvrant la fenêtre pour fermer les volets, la mère dit : « Tiens, ce soir les hirondelles volent bien bas. »

II

D'abord il y a les poux, les poux qui allaient me gâcher la journée, la mère de Simone qui me montre du doigt, ma main qui ne peut s'empêcher de fouiller mes cheveux, la maîtresse qui me regarde en coin et puis sa décision qui tombe : Tu seras recluse au rang du fond.

D'abord il y a les poux, ensuite il y a le hurlement de la sirène qui vient me sauver de cette situation humiliante. La voix de Gaby qui dit « Aujourd'hui, bataille de patates » et le regard de Lola Page qui presque me sourit.

D'abord il y a les poux, ensuite il y a la sirène, puis arrivent les étoiles. Des étoiles filantes et brillantes en plein jour, une constellation diurne, une multitude de paillettes célestes.

D'abord il y a les poux, ensuite il y a la sirène, puis arrivent les étoiles et juste après le fond de la cave, les compartiments, Gaby qui file vers la caisse de patates, les deux dames de service qui la laissent faire. Elle fouille dans la réserve, en choisit une belle, une ronde comme une pomme et dit « À vos marques, prêts, partez ! Bataille de patates ! ». Elle lance le missile en direction du compartiment numéro deux, la patate s'écrase sur la tranche de la porte, un garçon répond « Bataille de frites tu veux dire ». Il s'apprête à riposter, mais la maîtresse arrive, se dirige vers Gaby et la gifle. Puis elle nous regarde tous et dit « Cette fois c'est pour nous, collez-vous au mur ».

D'abord il y a les poux, ensuite il y a la sirène, puis arrivent les étoiles et la bataille tout au fond de la cave. Ensuite il y a l'éclair. Un éclair magnifique, blanc, une lumière vive, aveuglante, l'ampoule qui s'éteint et dans la même seconde une intense et incroyable lueur qui enveloppe la maîtresse. Elle s'effondre dans l'éclair. Le bruit d'un train lancé à grande vitesse. Un vacarme épouvantable.

D'abord il y a les poux, ensuite il y a la sirène, puis arrivent les étoiles et la bataille tout au fond de la cave, il y a l'éclair, le vacarme. Enfin il y a le noir et le silence. Le silence épais. Peut-être que je suis morte, pourtant je vois encore. Peut-être que je suis vivante, pourtant je n'entends plus, je n'entends plus rien d'autre que cet immense silence, magique et terrifiant. Peut-être que je suis morte pourtant, je vois, là-bas, une lueur. Et un fil de fer. Un fil de fer pendouille qui me dit Viens, suis-moi. Peut-être que je suis en vie, pourtant je n'arrive pas à crier, ma bouche est sèche et inutile. Tout autour, poussières chaudes. Silence, silence aussi infernal que le tonnerre qui l'a précédé. Je suis sourde. Je suis muette. Et je ne peux pas bouger. Ensevelie sous les amas de pierres, je ne peux pas bouger. Je voudrais rejoindre la lueur, me hisser à ce fil. C'est impossible hurle mon corps, aucun mouvement n'est possible sous ces kilos de poutres, de blocs de ciment. Alors pourquoi suis-je encore en vie si je ne peux pas bouger ? Tout en moi hurle, en silence. Mes mains grattent les blocs qui m'entourent, essaient de percer la prison qui m'étouffe. C'est impossible hurle mon corps, tu ne vois pas, tu ne sens pas que tu es coincée ? Mes mains grattent, mes ongles se cassent, la peau du bout de mes doigts s'arrache, jusqu'au sang, je ne sens rien. Rien d'autre que ce hurlement qui refuse de percer le silence.

D'abord il y a les poux, ensuite il y a la sirène, puis arrivent les étoiles et la bataille tout au fond de la cave. Il y a l'éclair, le vacarme. Enfin il y a le noir et le silence. Et puis soudain, la voilà, devant moi. Au début je ne suis pas certaine, pourtant c'est elle. Sa bouche minuscule, son regard de mystère. Tout est noir et pourtant je la vois. Je voudrais pleurer. Mais mes pupilles sont asséchées, et la poussière vole l'espoir d'une larme. Ses yeux qui fondent dans les miens. D'abord juste cela, ses yeux qui fondent dans les miens et ensuite, dans un mouvement lent, comme en suspens, elle dit quelque chose. Je n'entends rien. Je n'entends rien. Dis-moi. Elle parle. Je n'entends rien. Sa voix minuscule ne me parvient pas. Alors elle ralentit, prononce très lentement, répète toujours le même mot. Alors je lis. Sur ses lèvres, je lis. Depuis sa bouche minuscule, je lis *Caméléon. Caméléon.* Je le répète du bout de mes lèvres muettes, je le répète comme pour l'avaler. Elle s'approche de moi et pose sur mon front un baiser humide. Une caresse si violente que je fonds, que tout en moi fond. Elle s'en va, elle disparaît, sa bouche disparaît, sa bouche minuscule, son regard, son regard mystère disparaît, tout d'elle disparaît vers la lueur, s'accroche au fil, grimpe et s'échappe. La trace du baiser s'imprime sur mon front puis jusque dans mes os. *Caméléon. Caméléon.* Alors je cesse tout effort. Toute tentative pour échapper aux bras d'acier qui m'enserrent. Je cesse de gratter, de creuser. Et je fonds. Je deviens pierre, je deviens bloc. Je suis poussière. Je suis ciment. Je ne suis rien. Je suis infime et minuscule. J'entre sous terre. Je suis la mine et le charbon, je suis l'infime et le brûlant. Je plonge sous terre et trouve, plus beau que de voler dans le ciel, plus léger que les canaris… je trouve l'éternité. Le calme entier. Le temps s'efface, le temps s'arrête. Je tiédis, je tends vers l'infini. Je plonge dans le brasier. Je suis étoile, je suis poussière, je ne suis rien, je suis sous terre.

D'abord il y a les poux, ensuite il y a la sirène, puis arrivent les étoiles et la bataille tout au fond de la cave. Ensuite il y a l'éclair, il y a le vacarme, le noir et le silence. Puis il y a ce mot, *Caméléon, Caméléon* et soudain, là, devant moi deux brodequins, deux molletières et les bras de monsieur Maigre. *Caméléon.* Je me laisse faire. Les mains déterrent, soulèvent les pierres, enlèvent les poutres et la poussière. Et l'espace à nouveau s'ouvre autour de moi. Il me soulève, me sort des caillasses, me détache du ciment, me sépare de la poussière, m'arrache à la terre, je redeviens. Debout. Tout tient, mes os, mes chairs, tout tient, debout. Je retrouve mes pieds, mes muscles et mon squelette. Je suis debout, pas tout à fait stable, mais debout. Verticale. Sa main attrape la mienne. Il me tire et m'entraîne vers le point de lumière, vers le fil de fer, le soupirail. Il grimpe, passe à travers le trou et, depuis cette bouche de béton, il tend sa main vers moi. La lumière m'éblouit, et j'ai envie de retourner gratter sous les pierres. Je regarde en arrière. Des corps étendus, les bureaux fracassés, le tableau noir, couché. Je veux y retourner, retrouver l'éternité. Puis il y a sa main qui m'agrippe, qui m'arrache au cœur de la terre. Mon corps qui passe à travers le soupirail. Lumière.

Champ de ruines.

La marchande de journaux me prend par les épaules. Elle me secoue. Et elle essaie de me dire quelque chose. Elle répète toujours la même phrase.

D'abord je n'entends rien mais peu à peu le son revient. Maintenant sa voix perce mes tympans. Et je l'entends, je l'entends qui me dit « Cours. Cours et prends toutes les rues qui montent. »

Je voudrais répondre, dire non, je cherche Lola, mais ma voix est encore sous terre.

Elle répète en me regardant bien durement, elle répète « Cours et prends toutes les rues qui montent, tu comprends, cours et prends toutes les rues qui montent ».

Ses yeux sont si effrayants, et elle répète cette phrase si souvent que mes jambes – ce n'est pas moi qui choisis, ce sont mes jambes – mes jambes se mettent à courir.

Alors je cours,
je monte la rue des Ferronniers,
vitre de la remmailleuse éclatée,
je tourne sur la rue des Vinaigriers,
les feuillets d'école partout sous les pieds.

Je cours rue Tréfilerie, un cheval est couché, puis un second fauché. Derrière eux, la livraison des Houillères étendue sur le pavé.

Je passe entre les décombres.

Le petit Clinclin a le mollet arraché.

Je cherche la rue Paillon, il n'y a plus de rue, juste un tapis de bouts de verre. Chenapan ramasse les hirondelles mortes.

L'église est fracassée

Je serai bientôt tout en haut

Plus loin la pharmacie, une longue file de gens, du sang, des cris.

Cours et prends toutes les rues qui montent.

À la place des toits et des plafonds, le ciel trop grand.

À la place des rues, des gravats de plâtre et de béton.

La poussière. Chaude.

Partout des trous, énormes.

Cours et prends toutes les rues qui montent.

L'immeuble de Gaby éventré.

Je traverse les jardins, j'enjambe les gravats jusqu'à être en haut.

J'y suis, j'arrive tout en haut
Tout en haut de la rue
Tout en haut de la ville
Une petite foule est assise, là, au sommet de la ville, le champ de blé fait mine de ne rien voir.
Sur ma tête un liquide chaud
Mon manteau bleu est taché
Le col blanc est taché.
Madame Sabatier tient son fils dans ses bras.
Elle essaie de lui faire avaler un peu d'alcool de menthe.
L'enfant ne réagit pas.
Les sirènes lancent leurs cris.
Les avions sont partis.
Les nuages se dissipent.

Devant nous la ville, la ville se, la ville,
la ville se vautre.
La ville supplie le ciel de ne plus rien faire.
La ville est à terre, elle se vautre sur elle-même.
Elle est comme cette femme assise au bord de la rue, qui d'une main protège son cabas de provisions, qui de l'autre ramasse ses tripes débordant de son ventre.
La ville se vautre sur elle-même.
La ville se vautre sur elle-même. La ville se vautre sur elle-même. La ville se vautre sur elle-même. La ville se vautre sur elle-même. La ville se vautre sur elle. La ville se vautre sur. La ville se vautre. La ville se. La ville. La vil. La v

Un canari se met à chanter.

Personne ne supporte plus le bruit des avions. À peine entend-on le sifflement des sirènes que le souffle des habitants, aussitôt, rétrécit. Des êtres tombent à l'intérieur d'eux-mêmes. Des chairs se liquéfient. Des os claquent. Des corps entiers se mettent à durcir comme des blocs de ciment. Alors, pour éviter de mourir pétrifiés, dans la seconde même où les sirènes retentissent, on ouvre les portes et on court. Dans toute la ville. Des milliers de jambes foncent dans les caves, grimpent des escaliers, se mettent à taper du pied, à danser sur place, toutes seules, trop vite, dans un rythme irrégulier, ou se carapatent sous les tables. Les jambes de Veevie, elles, se mettent à trembler. Alors Veevie ouvre la porte et court. Elle court jusqu'à sentir le sang monter dans sa gorge. La voilà qui descend la rue des Vinaigriers, *il n'y a plus de vinaigre*, fend l'air tranchant de la ville, prend à gauche jusqu'au bout de la rue de la remmailleuse, *il n'y a plus de boutique, plus de remmailleuse*, pique à droite, grimpe la colline, ne s'arrête pas pour regarder le chevalement de la mine, *il n'a pas bougé d'une tige*, continue sa course sans reprendre son souffle, descend la rue des Cafetiers, *il n'y a plus de café, plus d'épicerie, plus de crémerie, plus de presse*. La marchande de journaux n'est plus là, *paraît qu'elle s'est installée sur un trottoir du centre-ville et qu'elle passe son temps à gueuler des bonjours à tous les passants*. Veevie enjambe les gravats, les bouts de fer, les pierres, les éboulis de la rue des Passementiers, longe l'école des sourdes et muettes, *seul bâtiment de la rue encore debout*, et grimpe deux à deux les dix-huit marches de l'escalier, *qui lui aussi a tenu le coup*. Le chevalement est dans son dos, la maison toujours à l'est. Devant elle la longue rue, longue et défoncée, qui porte à son bout l'école dévastée. On la voit qui se faufile entre deux murs à moitié effondrés et là, au milieu des épaves de la ville, au fond du dédale de ruines, entre les cadavres et le sang séché, dans le secret de la terre humide et celle de la cave, elle trouve refuge. Elle creuse le sol avec ses mains comme pour arracher la peau de la ville et griffe la terre jusqu'à y faire un grand trou. Elle y enfouit ses jambes qui n'ont toujours pas cessé de trembler et les recouvre de terre et de gravats. Alors enfin, elle peut peindre son visage avec la terre, maquiller sa peine de cendre et s'abreuver au rai de lumière débile qui déambule tranquille entre deux éboulis. Les tremblements de ses jambes cessent. L'air passe à travers le filet d'un carreau cassé. *Maman ne t'inquiète pas, je ressortirai de terre, tout à l'heure, mais pour l'instant, je meurs et c'est doux et c'est bon.* Elle tend la bouche vers le rayon de lumière qui lèche ses lèvres, attrape un bout de pierre et creuse un sillon dans la chair de ses bras. Le sang coule, il est chaud. *Maman ne t'inquiète pas, je dis bonjour à mes amies dans le douillet des décombres. Il fait si chaud ici, mais promis ensuite je reviens.* La chair cède facilement sous le tranchant du caillou, le sang coule et perle et coule et perle et coule et

« Qu'est-ce que tu fais petite idiote ! » Chenapan la regarde fixement. « Arrête de faire ça. »

Il lui arrache le caillou des mains et le jette très loin en disant

« T'as pas vu assez de sang comme ça ? Tu veux y goûter encore ? Suis-moi, je vais t'en montrer plein. »

Il la tire par le bras.

« Lâche-moi espèce de vaurien ! Lâche-moi !

— Si tu refuses de me suivre, c'est moi qui vais découper la chair de tes bras pour en faire des crêpes et les donner à manger à ton petit frère. »

Il enlève le tas de terre et de gravats qui recouvre ses cuisses et ses mollets. Les sirènes se remettent à hurler, les jambes à trembler. Il la tire par le bras, la force à se lever et l'emmène un peu plus bas, dans une minuscule baraque de bois. Il soulève un couvercle de fer, sort d'une bassine une grenouille encore vivante et, avec une aiguille rouillée, lui perce un œil.

« À toi, crève-lui l'autre œil. Tue-la à coups d'aiguille si tu le peux. »

Il lui donne l'arme si fine.

« Vas-y. »

Elle perce. Le sang gicle sur ses habits.

Plus tard, elle est penchée sur une bassine et frotte ses avant-bras et ses mains avec du percarbonate de silicium. Quand sa mère lui demande ce qui lui est arrivé, elle répond « Je suis tombée ». En replaçant l'ersatz de savon sur le rebord de l'évier, une boule de chaleur vient se loger dans son sternum. Elle ausculte la sensation. Mais ne parvient pas à en déceler l'origine. Peut-être le sang qu'elle a fait couler, peut-être les yeux sombres de Chenapan, à moins que ce ne soit ces trois mots-là, « Je suis tombée », qui contiennent en eux une nouvelle puissance. Celle du mensonge. Saveur acide et piquante de désobéissance.

Au dîner, après avoir servi à ses enfants une assiette de purée de rutabagas, Suzanne dit : « Demain vous irez chez votre grand-mère. Là-bas il n'y a ni sirènes ni avions. Seulement des étoiles. C'est cela qu'il va nous falloir réapprendre à regarder. Le ciel. » Jojo répond Ouiiii en frappant plusieurs fois sa cuillère sur le rebord de la gamelle de fer. Veevie, elle, ne dit rien. Mélange étrange de crève-cœur et de perce-peur.

III

Plus loin, un peu plus loin dans le temps et dans l'espace, par-delà la ville, les oiseaux de fer et le hurlement des sirènes, se trouve un pays au visage plat. Si plat que les arbres dépassent facilement le toit des maisons. Tout autour, des plaines. Dorées. Immenses. Immensément plates. Des boursouflures d'écorces et des labyrinthes de terre s'échappe une musique ininterrompue. Fourmillements d'insectes. Froissements de feuilles. Crissements de grillons. Et, dans ce paysage plat, le gros derrière de la Vieille est une véritable montagne. À chaque pas, il se balance comme un carillon. Près d'elle, une vache, la vache, la seule vache qui lui reste de son ancien troupeau. Sur le dos de cette vache qui porte le nom de Laïka, sur son dos large et massif, noir et blanc, l'enfant, à califourchon, regarde droit devant. Il suffirait d'un coup de reins pour qu'il bascule, mais la vache accepte d'être montée, généreuse Laïka. Avec une main calée près de son dos, la Vieille maintient Jojo. Parfois elle relâche l'appui, l'enfant tient seul quelques instants, roule des yeux impressionnés par lui-même ou par la vache, on ne sait pas vraiment. Mais, dès que la bête fait quelques pas, le petit corps de l'enfant tangue sur le côté, manque de tomber. Alors la Vieille le rattrape par le bras et le replace, bien calé sur le dos de la laitière. Jojo jette un œil en direction de la ferme et lance « Regarde ! Regarde-moi ! Je suis un cow-boy ! ». Au cri joyeux de l'enfant, Veevie lève les yeux. Quitter du regard le ruissellement ininterrompu de la source l'arrache à un peu de paix. Elle regarde son frère. L'image est douce. L'enfant sur le dos de la vache, la vache sur le dos de la terre, les rouleaux de paille sur le dos de l'univers. Mais la beauté de la scène ne lui parvient pas, ne parvient pas à s'incruster en elle, ne l'imbibe d'aucune joie. Alors elle sourit, faussement, et dit « C'est bien. Bravo Jojo ! », puis elle replonge ses yeux dans l'eau qui tombe dans le petit bassin. Elle voudrait que, comme l'eau, ses souvenirs coulent, s'écoulent, ruissellent jusqu'à se confondre avec la terre. Elle voudrait tout noyer dans l'eau claire : le tableau noir brisé, les vitres éclatées, les éboulis, le tapis de poussière. Elle voudrait tout y noyer sauf, peut-être, la joie inébranlable de son petit frère. Ça finira bien par la contaminer. L'eau coule dans le billot de bois creusé. Un son si doux qu'on ne pourrait l'inventer. Alors elle continue d'essayer d'y verser toutes les images dont elle voudrait se débarrasser : la bouche inerte du nourrisson qu'on tente de ressusciter, les chevaux morts, le corps de Gaby qu'on sort des décombres, la couleur du sang, l'église éventrée. Peut-être que Jésus a enfin pu se détacher de sa croix. Et s'enfuir. Cette idée la fait rire, à peine. Si peu qu'on ne voit rien sur son visage.

Une soirée d'hiver, Jojo s'était assis à l'endroit où feu le grand-père s'installait pour boire le potage. Sa mère avait dit « Tu ne peux pas te placer ici, c'est la place du père ». La Vieille avait répondu que, de toute façon, il n'y avait pas d'autre homme pour l'instant à des kilomètres à la ronde, alors il n'avait qu'à rester là en attendant que les autres reviennent. Jojo avait souri. Depuis, quand la Vieille hurle « À taaable ! », il se place ici, en bout de table. Veevie, elle, préfère s'asseoir sur le banc qui fait face à la cheminée. La Vieille pose sur la table des râpées. Un mélange d'œufs et de pommes de terre écrasées, cuites à la poêle, comme des crêpes épaisses. Elle pose aussi un grand bol de salade de barabans, salsifis des prés, doucette et fenouil sauvages. Jojo dévore. Veevie picore. La Vieille rote à chaque bouchée. Vers la fin du repas elle dit « Ce soir, ça va péter dans l'éternel ». Tout ce que dit la Vieille se réalise.

Le soir, en effet, dans le lit de la chambre aux rideaux bleus, alors que Jojo dort tranquillement et que Veevie, de l'autre côté du lit, fixe son regard sur les nœuds de bois du plafond, l'orage éclate. Cette fois, ce n'est pas un orage sec. Il est humide à en dissoudre les grains de sel. Les éclairs transpercent le ciel, l'enfant dort. Décidément, rien ne le réveille. Ni les volets qui claquent ni le torrent qui s'abat sur les tuiles. Et, dans l'orage qui craque, Veevie croit entendre l'écho de sa propre rage. Alors ses yeux quittent le plafond. Ses jambes repoussent les couvertures. Elle descend les marches de bois. L'escalier grince. Au rez-de-chaussée, le contact de la terre froide et humide sur ses plantes de pieds la fait frissonner tout entière. Elle ouvre la porte. Et, pour la première fois depuis des mois, devant elle ce n'est plus la ville qui se vautre, c'est la nature qui se déchaîne. Elle avance lentement au milieu de la cour. La pluie s'abat sur son corps, sur sa robe de nuit légère. D'abord elle se recroqueville. Mais peu à peu ses bras s'ouvrent, se lèvent, s'élancent vers le ciel. Bientôt on ne verra plus rien de l'habit de nuit. Le corps de Veevie se confondra avec la terre. Elle tend ses mille bouches et ses mille corps vers les gouttes d'eau. Elle boit l'orage. Et tout en elle ruisselle. On dirait que la pluie, en tombant, la débarrasse de ses peaux. Comme si, enfin, elle pouvait cesser de porter une ville ensanglantée sur le dos. La pluie s'empare de sa douleur, l'arrache, la jette sur le sol, la traîne et la frappe jusqu'à la dissoudre pour l'emporter au fond d'une grotte, la sédimenter dans le même temps, la faire devenir stalactite. Cette nuit-là, la fille a mué, la fille a disparu. Débarrassée de son ancienne peau, on a vu apparaître une jeune femme, une jeune femme nue, la pointe des seins tendue vers l'avenir, le visage plein d'une grande fatigue et d'un grand soulagement aussi. Et cette nuit-là, Jésus disparut pour de bon. Il n'est plus resté dans le cœur de la jeune femme qu'une odeur de terre. Et la puissance de la colère. Depuis le carreau de la fenêtre de sa chambre, la Vieille a tout vu. Quand Veevie a mêlé ses larmes à celles du ciel, la Vieille a dit pour elle-même Alléluia.

Le lendemain, le garçonnet découvre la lenteur de l'escargot. Bout de doigt contre bout d'œil. Recroquevillement de la bête dans sa coquille, hop dans le panier d'osier, au suivant. Veevie en prend un entre ses doigts, l'observe bien et dit « Parfait, un petit-gris, mon préféré » et le croque en entier. Jojo est abasourdi. La Vieille aussi. La Vieille pourtant en prend un elle aussi et le croque à pleines dents. En avalant le mollusque, elle fait une grimace si étrange que Jojo éclate de rire. Alors la Vieille rit à son tour et Veevie aussi. L'enfant pense Tiens, j'avais oublié la couleur du rire de ma sœur, et il enfouit aussitôt sa paume dans la sienne.

Veevie ne lâche plus la main de son frère. Elle le traîne partout. La Vieille aussi. Si bien que l'enfant grandit d'un coup. Il ne craint plus les coups de bec des poules les plus féroces et ramasse seul les œufs dans les nids de paille. Veevie, elle, se découvre une nouvelle force. Une force qui semble inépuisable. Chaque matin elle enfile un vieux pantalon qu'elle a trouvé dans le grenier et retrousse ses manches. La Vieille lui confie les corvées les plus dures. On la voit qui fend le bois, coupe l'herbe des talus, nourrit les lapins, ramasse les topinambours, remplit les caisses de bois, nettoie la cave, installe un étal pour mieux y stocker les salades, fait des conserves et grimpe sur le toit pour replacer une tuile. Chaque soir elle nettoie le petit bassin pour que l'eau ne cesse jamais de couler.

Un soir, un de ces soirs qui arrivent si tard qu'on croirait que le soleil refuse de se coucher, un de ces soirs-là, alors que la confiture de prunes coule dans le gosier de l'enfant, que sa bouche est toute tachée par le blanc du fromage fouetté, la Vieille regarde ses petits-enfants et dit « Demain vous partirez. Nous tuerons une poule ».

Le jour suivant, Suzanne est là, Jojo accroché à sa jupe. La Vieille tient d'une main une énorme poule par les pattes et, de l'autre, un couteau. La bête se débat avec entrain. Le couteau étincelle dans la lumière écrasante. Il fait chaud comme en plein après-midi, et pourtant midi n'a pas encore sonné. Le couteau, la Vieille, Veevie. On croirait un combat. La Vieille tend le couteau à sa petite-fille et dit « C'est à ton tour de faire ça. C'est à toi de la tuer ». Un coin de la bouche de Veevie se relève. Moue imperceptible. Ses yeux fondent un temps dans l'eau brillante du petit bassin, y puisent un souvenir féroce et viennent se planter dans ceux de sa grand-mère. « Je vais la tuer. » Elle tend la main. Le couteau change de camp. Jojo tire sur la jupe de sa mère comme pour lui souffler *Il ne faut pas la tuer.* Suzanne fait semblant de ne pas sentir la main qui s'agrippe à ses jupons. Elle ne veut pas perdre une seconde de ce qui se dit, de ce qui se passe. La Vieille dit « Tiens-la bien, ne la laisse pas filer. Et tranche d'un coup net ». Veevie plaque la bête sur le billot, pose un genou sur le corps de la bête, tient fermement la tête de la bête avec une main et, de l'autre, lève le couteau qui se met à briller. La Vieille recule un peu, comme pour bien vérifier que deux vies entières se font face. Et, sans même prendre une inspiration, Veevie tranche. D'un coup net. Le sang gicle. Elle ne bouge pas. Rien d'elle ne frémit. Pas même le coin de sa bouche. Le sang coule dans une petite bassine de fer. Bruit d'eau, presque. La Vieille dit : « Ne la lâche pas sinon ça va souiller toute la cour. » Le pouls continue de battre. La poule continue de se débattre.

La vie livre toujours combat contre la mort jusqu'à la dernière goutte, jusqu'au dernier souffle. Le pouls bat, le corps de bête se débat encore un peu. Puis, soudain, l'âme se dilate avant de filer dans les airs. Silence. Le mouvement a cessé. On ne sait pas exactement quand. Mais, à un moment, le mouvement cesse. La poule meurt. La famille vivra. « Alléluia » dit la mère. « Alléluia » répond la Vieille, puis elle ajoute « Maintenant tu plonges ta main dans le troufion et, tout ce que tu trouves, tu le tires à l'extérieur ». Veevie arrache et extirpe les entrailles de la bête sans sentiment et avec une application constante. Elle repense un temps au chevalement. Les abats tombent dans la grande bassine. Jojo frissonne. Quelques secondes seulement puisque bientôt voilà l'odeur de peau brûlée, le tas de plumes énormes et le gamin qui se confectionne un chapeau de cow-boy.

Quand la Vieille retirera les draps du lit de la chambre aux rideaux bleus, que depuis la fenêtre elle verra la cour balayée, les bûchettes de bois parfaitement empilées, l'enclos du poulailler rafistolé, toutes les prunes ramassées et triées, les abricots séchant dans une cagette ; quand elle se remémorera le rire de son petit-fils et le regard digne et fier de sa petite-fille, elle se dira qu'elle peut mourir. Maintenant. Elle, la Vieille. Ce qu'elle avait de plus précieux a été transmis. Le soleil en est témoin. L'orage aussi.

Alors elle s'assiéra sur le banc de pierre et attendra que la Faucheuse vienne l'emporter avec son arme mal affûtée. Mais rien. La mort ne viendra pas. Au contraire. La vie l'assaillira de toutes parts. Elle se remémorera le sang-froid avec lequel Veevie mania le couteau. Elle se dira qu'elle n'avait encore jamais vu personne trancher, pour la première fois, le cou d'une poule aussi froidement. Elle pensera à l'effroi qui, parfois, s'incruste si profondément qu'il dissimule derrière le courage une immense soif de sang. Elle se dira tout bas qu'il n'y a qu'en faisant danser la douleur qu'on peut espérer échapper à l'emprise de son époque, de son langage et de ses sentiments. Elle priera en silence pour que la colère de la jeune femme ne devienne pas vengeance. Mais que tout en elle devienne amour, amour de l'autre, du fort, du faible, de l'impitoyable ou du mal assuré. Du mortel et de l'immortel.

Alors elle se ravisera. Non, pensera-t-elle, ce n'est pas le moment de mourir. Et puis j'ai trop envie de connaître la suite. Et, en regardant le ciel, elle dira tout haut « Eh mon gros, faut que je reste encore ici-bas, pour notre petite-fille. On sait jamais. Tu vas devoir m'attendre encore un peu. Allez, fais pas la gueule. Promis, je te rejoins avant la fin de l'éternité ».

Elle crachera par terre et éclatera de rire. Elle rira. Seule.

Magnifiquement seule.

IV

Suzanne a enfilé une robe en coton bleu marine et détaché ses cheveux. Elle est debout devant le portrait de son mari. Elle parle au portrait : « La voisine a eu un accouchement très difficile. Cela a duré des heures. Le nouveau-né avait deux tours de cordon autour du cou. Il est né sans crier. Comme s'il refusait de respirer. Il était si bleu qu'elle a cru qu'il était mort. La sage-femme l'a tenu par les pieds, tête à l'envers, pour lui mettre des claques sur les fesses et sur le dos. Elle a dû le frapper et le frictionner plusieurs fois avant qu'il ne pousse un cri. Un cri affreux paraît-il. Pire que celui que fait ce maudit chat qui s'est installé dans le quartier. Je ne comprends pas pourquoi les enfants ont tant d'affection pour cette horrible bestiole. Voilà qu'ils se privent de leur portion de lait, pourtant si difficile à trouver, pour l'offrir à ce chaton affreux, plein de tiques. Quels imbéciles ! » Elle file dans la cuisine.

« Hier Simone m'a donné une astuce pour préparer du hachis parmentier sans viande ni pommes de terre. Il paraît que la fille de madame Martin a eu une histoire d'amour avec un soldat ennemi. Je ne comprends pas ces femmes qui tombent dans les bras du premier venu. Elles n'ont vraiment aucune morale. » Elle apparaît à nouveau face au portrait, sirotant un verre d'eau comme si c'était du vin. « Mais moi, je suis une femme fidèle. Voilà pourquoi je ne m'habille plus qu'en gris. À part aujourd'hui. Pour te faire plaisir. Tu aimes ce bleu marine ? » Elle déambule dans le couloir, comme sur un promontoire, et revient se placer face au portrait. « C'est moi qui ai cousu les galons sur le col et les manches. Ils viennent de la chapellerie d'à côté. Ils te plaisent ? » Elle boit une gorgée d'eau, pose le verre sur la commode en bois et dit : « Je connais une maison près de laquelle se trouve un grand jardin vallonné. J'aimerais bien que tu viennes sur ces jolies collines, que tu descendes la pente qui mène au buisson et que là tu fouilles bien ardemment avec ta canne jusqu'à trouver la source. » Elle rit.

Veevie a tout entendu. Elle appelle Jojo, lui dit de s'habiller. Comme à chaque fois que le monologue amoureux commence, Veevie tourne le sablier, ouvre la porte et emmène son frère jouer dehors. Elle ne voudrait pas qu'il croie que leur père est caché là, quelque part dans la maison, dans un abri secret entre la soupente et le conduit de cheminée.

Parfois Jojo demande pourquoi leur mère parle sans arrêt au portrait. L'aînée répond que c'est comme faire une prière : « Tout le monde parle au petit Jésus alors que personne ne l'a jamais vu. Eh bien, maman c'est pareil, elle parle à papa même s'il n'est pas là. »

Cela convient à peu près à Jojo. Tant mieux. Elle ne saurait pas quoi dire d'autre.

Quand les enfants sont de retour à la maison, leur mère a remis sa blouse grise, rassemblé ses cheveux en chignon et s'est remise à coudre.

Suzanne avait été secrétaire dans une entreprise de fabrication de cuisinières en fonte, des fourneaux-bouilleurs alimentés au bois ou au charbon. Elle ne connaissait de la plomberie que ce qui était inscrit dans les fascicules de présentation. Elle écrivait ce qu'on lui dictait, tapait les comptes rendus, classait les notes et les dossiers. Elle faisait partie de celles qui avaient su se débrouiller pour trouver une place au chaud dans un bureau du centre-ville. C'est là qu'elle avait rencontré Marcel. Tout de cet homme lui avait plu. Son corps maladroit et trop grand, son regard naïf et innocent, ses doigts fins et longs, et son sourire jamais loin. Le seul défaut de cet homme, pensait-elle, c'est qu'il ne connaît rien en matière de séduction. Elle avait beau multiplier les regards appuyés, les frôlements discrets, les sourires charmeurs, Marcel paraissait ne pas savoir distinguer une phrase polie d'une tournure suggestive. Elle avait alors changé de stratégie et décidé de lui écrire une lettre. Une première lettre pour dire le désir. Marcel, enfin, avait réagi. Il était conquis depuis longtemps, répondit-il, mais ne savait pas comment le montrer. Lors d'une balade au Jardin des Plantes, il l'avait remerciée d'avoir osé prendre les devants. Elle n'oublia jamais cette phrase et l'inscrivit quelque part en elle comme d'autres conservent un manuel. Et continua de mener la danse. Après les premiers baisers, elle insista pour qu'ils se fiancent et emménagent ensemble. Elle trouva un petit appartement à quelques pas de la gare, entre l'école et l'entreprise, tout près de chez belle-maman. Cela plut au futur mari, de l'appartement ou de son culot, elle ne sut pas vraiment, mais il dit oui, et le couple emménagea immédiatement. Les familles fixèrent la date des fiançailles puis, plus tard, celle du mariage. Une première enfant naquit, rapidement, un bébé rond aux yeux bleus comme ceux de la jeune maman. Suzanne s'épanouissait dans cette nouvelle vie. Marcel aussi. Parfois son épouse lui reprochait de rentrer trop tard le soir, de traîner longtemps au bureau avec ses amis, de privilégier les balades à vélo plutôt que la communion de la messe. Mais il avait rapidement appris à désamorcer ses colères à grands coups de tendresse, la couvait de baisers, glissait sa main sous son chemisier ou l'enlaçait dans ses bras chauds. La colère disparaissait aussitôt. Entièrement. La douceur des câlins procurait tant de joie à Suzanne qu'elle se surprit à penser qu'elle n'avait peut-être vécu jusque-là que dans l'unique but de connaître tant de volupté. Puis l'ennemi envahit le pays. Marcel se porta volontaire pour défendre la patrie. Fidèle à son devoir de citoyen, il endossa le costume de soldat. Un matin du mois de juin, en prenant un baiser sur ses lèvres, il dit à sa femme « Nous nous reverrons très vite, j'en suis certain ». Il eut raison. La première fois. Après deux mois de séparation durant lesquels ils s'écrivirent chaque jour, on accorda une permission de trente-six heures au jeune soldat. Alors, et pour éviter de gaspiller une partie de ce précieux temps libre dans les transports, Marcel invita Suzanne à le rejoindre dans la ville de la mobilisation militaire. Suzanne confia leur fille à tante Ninon et prit le train pour traverser le département. Quand elle découvrit la jolie chambre qu'il avait louée à l'Auberge de la Fontaine, elle fut émue. Non par la chambre elle-même avec sa tapisserie aux grosses fleurs roses, mais par le fait que, pour la première fois, il avait pris les devants. Dans cette chambre-là, ils firent l'amour longtemps, et sans aucun détour. Ils ne sortirent de l'auberge que pour aller dîner dans le restaurant d'à côté. Le filet de charolais aux champignons leur plut, mais le menu eut bien peu de saveur comparé aux délices de leurs baisers. Ils boudèrent donc le savarin au rhum pour retourner au plus vite dans la chambre de la Fontaine. De ce jour, ils comprirent qu'ils pourraient s'aimer sans pudeur. La bienséance de leur éducation pouvait aller voir ailleurs. Leurs corps étaient maintenant enrobés d'une passion sans tabou dans laquelle ils se rouleraient, ensemble, émus. C'est ce qu'ils se promirent.

En raccompagnant Suzanne à la gare, en prenant un baiser sur ses lèvres, Marcel dit : « Nous nous reverrons très vite, j'en suis certain. » Les vœux ne fonctionnent qu'une seule fois. Celui-ci ne se réalisa pas. Aucun d'eux ne se doutait que, cette nuit-là, une nouvelle vie avait pris racine dans le ventre de Suzanne.

Marcel fut fait prisonnier quelques jours plus tard. Tout son régiment fut envoyé à des milliers de kilomètres de la Grande Noire. Mais on rassurait les familles, « Ça ne durera pas ». Alors, pour patienter, Suzanne écrivait tout ce qui lui avait plu lors de leurs retrouvailles à l'Auberge de la Fontaine. Cela l'excitait tant que parfois elle se caressait en écrivant. Ces trente-six heures de permission avaient été si intenses qu'elle aimait convoquer ce souvenir à sa guise, pour le revivre inlassablement. Mais les années ont passé et, depuis longtemps déjà, Suzanne ne relit plus ce courrier-là. Elle a enfoui les mots de cette époque bien au fond de la boîte. Ils sont si pleins d'érotisme qu'au lieu de réveiller sa chair pour l'enrober de douceur, ils risqueraient de la brûler vive. Ou de déclencher en elle un violent accès de rage. Marcel continue d'évoquer, parfois, dans les lettres qu'il envoie, les souvenirs intacts de cette nuit à l'Auberge de la Fontaine, mais soudain il se reprend, rectifie le ton de sa phrase pour écrire finalement qu'il ne faut pas trop y penser au risque de devenir fou. Avec le temps, tous deux se sont mis d'accord pour ne plus en parler. C'est mieux ainsi. Le passé a ses trésors qu'il vaut parfois mieux garder sous scellés. Et, puisque cette nuit-là avait été la dernière, mieux valait l'oublier. Mieux valait masquer l'irrépressible désir de la chair par la posture sévère de la prière. Marcel avait donc troqué sa fougue de jeune marié contre un costume de captif et tentait de calmer ses ardeurs dans la répétition ininterrompue des textes sacrés. Et la jeune épouse brûlante qu'était Suzanne s'était transformée en guerrière du quotidien, infatigable gestionnaire qui gérait d'une main de fer l'éducation des enfants, les tickets de rationnement et la préparation des colis.

Mais, depuis que l'ennemi a disparu de la ville, le temps se dilate. Tandis que le coût de la vie ne cesse d'augmenter, la fréquence des envois, elle, diminue. Drastiquement. N'est maintenant autorisé que l'envoi de deux lettres et de deux cartes par mois. Cette correspondance est devenue leur seule respiration commune, leur seule joie, comme une musique fragile qui les maintient en vie, une aria à deux voix qu'il faut répéter *da capo al fine*. Mais dans le dernier courrier qu'elle a reçu, Suzanne a lu la phrase tant redoutée, *Ne m'envoie plus de kub*. Dorénavant, il leur faudra se contenter des envois réglementaires. Et trente-deux lignes par mois, cela ne suffit pas. Alors les mots s'empilent à la porte de ses lèvres, se tassent entre sa fatigue et ses rêves. Et la lettre qui aurait dû indiquer où envoyer le prochain colis, même cette lettre-là n'arrive pas. Elle se sent comme cette étiquette bleue qui ne part pas et reste sur la petite table de l'entrée. Une chose stupide et en suspens. Un corps en apnée. Les fromages durcissent. Il faut se résoudre à les manger au lieu de les envoyer. Suzanne retourne le sablier sans arrêt. Le temps s'alourdit. Le bas de son visage aussi. Les journées sont de plus en plus longues, ennuyeuses et vides de sens. Elle perd patience. Un rien l'agace. La seule activité qui l'aide à garder son calme, c'est de coudre. Alors, sur le conseil de sa cadette, elle s'est créé un petit atelier de couturière.

Elle a commencé par la jupe-culotte tant désirée par Ninon. Le modèle plut tant aux amies de sa sœur que Suzanne reçut trois autres commandes en moins d'une semaine. Elle excelle maintenant à confectionner, à l'avant d'une veste et à l'arrière de la jupe, des plis plats et creux. Les femmes à bicyclette sont tout heureuses de pédaler enfin avec plus d'aisance. En échange de ses ouvrages, Suzanne reçoit du pain, des choux, des carottes ou des pommes de terre. Veevie refuse de goûter à ces dernières. Suzanne n'insiste pas. Depuis le mois de mai dernier, elle n'ose plus gronder sa fille aînée. Elle lui laisse faire ce qu'elle veut en échange de quoi sa grande cesse de lui jeter des regards sévères. Le silence entre les deux femmes s'épaissit à vue d'œil. Mais parfois le silence relie plus qu'un bavardage. Le bruit de la machine à coudre recouvre le temps qui passe. On porte parfois à Suzanne des chutes de feutre, des rognures, des galons, que les ouvrières de la chapellerie de la vallée voisine récupèrent en cachette. Suzanne y taille des chaussons ou des sacs à main. Ces matériaux non contingentés sont idéals pour agrémenter les chapeaux, créer des plastrons ou embellir les corsages. Avant de livrer la commande, Suzanne vérifie sur son corps que l'ouvrage se porte bien. Elle prend place devant le miroir, le temps de parfaire son image, de vérifier la cohérence et la solidité de l'assemblage. Puis elle pince ses lèvres pour les faire rougir et défile devant le portrait de Marcel. « Dis, aujourd'hui, comment me trouves-tu ? » Le temps d'un sablier, les minutes redeviennent tendres et douillettes. Quand le dernier grain traverse le goulet, elle s'empresse de tout remballer, enfile sa robe grise et lace son tablier de couturière. Mais la plupart du temps elle ravaude des chaussettes, colmate un petit trou, rafistole un accroc sur les torchons, les serviettes, les sous-vêtements. Elle répare l'ourlet d'un pantalon, change l'élastique d'une jupe, ajoute une pièce à un drap ou bien ourle puis marque au point de croix des torchons neufs tout juste déchâssés. Et la machine rugit. Recoudre les vêtements n'apaise ni l'angoisse ni l'attente. Pourtant, manier le fil et l'aiguille lui donne l'illusion de suturer une plaie. Et c'est ce que l'on fait partout dans la ville. Bétonner les trous, déblayer les ruines, tout rebâtir. Le bruit des truelles pour combler les cratères, le son de la machine pour couvrir le silence. Sur ce bruit de moteur, Suzanne croit parfois entendre Vosvic chanter. Sûrement une illusion.

Un matin d'automne, Suzanne s'était emparée des nappes et des tissus d'ameublement. Elle avait même arraché les rideaux de la cuisine et ceux du salon. Son garçon l'avait regardée avec des yeux ronds, alors elle avait dit, d'un air évident : « Il faut bien trouver de quoi vous habiller pour le mariage de René ! » et elle s'était mise à coudre, dans les tissus de la maison, une chemisette blanche garnie de nids-d'abeilles bleu clair pour le plus jeune et, pour sa grande fille, une robe écossaise. « Il faut toujours porter des tenues impeccables, c'est cela qui compte, peu importe qu'il n'y ait plus aucun rideau aux fenêtres. De toute manière, ils ne servaient à rien d'autre qu'à nous voiler du monde. Les voisins ont désormais la certitude que nous n'avons rien à cacher. »

Dans un ancien costume de son mari, elle se fit un tailleur. Le seul tissu auquel elle ne toucha jamais, c'est la dernière chemise que son époux porta. Elle conservait ce vêtement sous son oreiller et, chaque soir, le posait près de son visage espérant retrouver les effluves de l'amoureux. Mais conserver une odeur est quasi impossible. Et le temps passait. Et le parfum peu à peu se dissipait. Le vide qu'il laissait creusait encore plus la plaie.

Depuis que les lettres ne circulent plus, Suzanne demande à sa fille de lui ramener n'importe quels bouts de papier qu'elle trouve sur son chemin. Veevie cueille ici un bout de journal, là une feuille de brouillon, ici un bout d'emballage. Suzanne ausculte le papier, l'étire, le repasse avec ses mains et, si cela ne suffit pas à le défroisser, le pose sous les boîtes de conserve promises pour le prochain colis. Lorsque le papier est aplani, elle y déverse avec nervosité et empressement un peu de la montagne de mots qu'elle retient. Si bien qu'il y a maintenant, sous le lit nuptial, deux boîtes. L'une contient tout le courrier reçu : quatre cent trois lettres, cent deux cartes et trois *kubs*. La deuxième, une petite boîte de carton tachée, contient les lettres qu'elle ne peut envoyer. Les mots sont des continents échoués dans le secret de la chambre. Les majuscules sont leurs frontières. Les points, des tortues de mer. Cela ressemble à un puzzle qui grandit chaque jour et dont elle doute de recevoir un jour la dernière pièce, puisqu'il dure maintenant depuis une demi-décennie.

Il fait si froid qu'au petit matin l'eau est gelée dans le broc. La buée dessine de magnifiques fleurs blanches opaques sur les vitres. Suzanne avale une tasse d'eau mélangée à l'orge grillée, dépose trois briques en terre cuite dans le fond de la cuisinière et réveille les enfants en disant « Venez voir. Venez voir dehors ! ». Les enfants sautent du lit, enfilent leurs galoches montantes et, quand Suzanne ouvre la porte, poussent un cri de joie. Tout est blanc.

Sous les flocons, la ville se tait.

Jojo caresse la neige des mains. Elle s'égoutte dans le creux de sa paume.

Sous ce manteau de velours étincelant, les ruines sont devenues sapins.

Les enfants se roulent dans la neige. Ils bataillent joyeusement. La neige fait éclater leurs rires. Suzanne bénit le ciel d'avoir reçu à temps la livraison de coke. Elle revoit le tas qui avait été déposé la veille devant la maison. Elle avait soupiré « Bon Dieu, tout ça à rentrer ! ». Sa fille avait répondu « Attends, je vais chercher quelqu'un pour nous aider ». Veevie était revenue accompagnée de Chenapan. Cela avait d'abord surpris Suzanne, elle se souvenait bien de ce gamin des rues à qui elle avait acheté une peau de lapin, mais elle ne s'étonna pas que sa fille sache où trouver si rapidement le garnement. Et, puisqu'elle avait besoin d'un coup de main et lui sûrement d'un peu de sous, elle avait accepté l'aide du garnement sans poser de questions. Ce qu'elle n'avait pas remarqué, c'était la complicité évidente qui liait sa fille à Chenapan. Depuis quelque temps, Suzanne ne prête plus attention à sa grande. Si bien qu'elle ne voit ni les taches sur ses vêtements, ni son regard qui durcit. Elle ne sent pas l'odeur de Cointreau qu'elle transporte avec elle, ne s'inquiète pas de la voir rentrer de plus en plus tard, ne cherche pas à savoir où elle a trouvé tel papier ni d'où vient ce magnifique stylo doré. Elle se contente de sourire et de remercier sa fille. Tout comme hier, elle s'est contentée de remercier Chenapan sans se demander ce qui liait sa fille à ce garçon des rues. Suzanne est si absorbée par le quotidien, par les mots qui s'entassent et par son activité de couturière qu'elle ne voit rien. Ni les gâteaux ni la broche en bois à l'écusson de Bretagne que sa fille chipe au goûter des solidarités. Suzanne n'a d'yeux que pour la survie du foyer. Et, aujourd'hui, pour la neige. C'est si beau qu'elle voudrait pleurer. Mais elle se reprend. Il serait indécent de s'émouvoir pour quelques flocons blancs. Non, il n'est pas question qu'elle se laisse pénétrer par la joie. Le bonheur, comme la danse, lui est interdit. Pas d'éclats de rire, pas de mains qui se touchent ni de corps qui virevoltent. Ninon a beau insister pour l'emmener à un de ces bals clandestins – « Mais viens ! Cela te détendra, ça fait tellement de bien, tu verras ! » –, Suzanne ne cède pas. Il est hors de question qu'elle se laisse emporter par un tourbillon de sensations. Elle ne s'autorisera ni à danser, ni à rire, ni à jouir pleinement de la vie tant que son mari sera enfermé dans un pays lointain. Non, il n'en est pas question. Alors, devant la neige éclatante et les rires des enfants, elle contient son émotion, se contente de sourire et trace, du bout du doigt, des lettres dans la neige.

Le soir, on étend ses habits humides sur le dossier des chaises et on se rapproche du poêle. Suzanne dit « Ce soir, nous dormirons ensemble, tous les trois. Il fait trop froid pour passer la nuit seul dans un lit ». Elle sort les trois briques en terre cuite de la cuisinière, les roule dans un chiffon de laine et, suivie de Jojo, se dirige vers la chambre pour les glisser entre les draps. Pendant ce temps quelque chose vient cogner contre la vitre de la cuisine. Veevie se lève et voit, à travers le carreau de la fenêtre, sautillant sous la lumière du lampadaire, Chenapan qui fait des signes avec ses mains. Six doigts. Six doigts. Et zéro. Elle sourit. Ce soir, les matchs ont repris, et, visiblement, la Grande Noire a gagné. Quand elle se glisse à son tour dans le grand lit, son petit frère est déjà endormi, roulé en boule sous les draps. Elle se souvient quand il était si petit qu'elle craignait de l'écraser en s'allongeant près de lui, ou bien qu'il ne survive pas à la noirceur de la nuit. Suzanne pose le chandail qu'elle tricote et détricote sans cesse au pied du lit et s'allonge près de sa fille aînée. Les deux femmes se regardent. Yeux dans les yeux. Veevie dit « Maman, raconte-moi, raconte-moi quand j'étais enfant, raconte-moi pour que je me souvienne et que plus tard je raconte à mon tour ». Alors sa mère dit « Fais voir ton bras. Allonge-le. Voilà, comme ça ». Elle trace sur le bras de Veevie, du bout de l'index, un grand trait « Voilà la grand-rue ». Elle pose son index sur le poignet de Veevie et dit « Ici la mercerie de madame Trimoulat », fait glisser son doigt sur la peau fine de l'avant-bras et dit « Ici, la miroiterie, là, l'atelier de montage de vélos de monsieur Berger et la place du marché. Dès que tu entendais Voilà les fromages à la crème, papa te tendait une pièce de monnaie. Tu te précipitais vers la marchande. Dans sa charrette, elle transportait des petits-suisses dans des coupelles en grès, du lait fraîchement caillé et des petits fromages blancs qu'on appelait des tommes. Elle t'accueillait en disant Bonjour mon petit ange. Souviens-toi ». Le doigt glisse, la peau frémit. « Le ferrailleur arrivait en poussant un char à bras et en clamant son cri de guerre : Au patère gagne guère, peaux de lapin gagne rien. Tout le monde le redoutait. Toi, jamais. Ton père disait que si tu désobéissais il te donnerait au patère et au sac. Ça te faisait rire. Ton père aussi. » L'index de la mère se rapproche du creux du bras. « Ici, l'aiguiseur. Il frappait à toutes les portes, sans cesse à la recherche de couteaux ou de ciseaux qui avaient besoin de retrouver leur fil. Quand il en avait récolté suffisamment, il mettait la meule en marche. Ce bruit te fascinait. Un bruit attirant et effrayant. Le son du crissement de l'acier contre la pierre. Tu courais pour rejoindre les autres enfants. Vous le regardiez en restant un peu à l'écart, captivés par les gerbes d'étincelles. C'est devant l'aiguiseur que je t'ai entendue chanter pour la première fois. » L'index monte sur l'avant-bras, atteint le creux du coude. « Là, tu aimais t'asseoir, pour observer Clin-Clin l'allumette. Il passait son temps à courir derrière la jante d'une roue de vélo. Une jante sans rayons qu'il dirigeait avec une ferraille recourbée. Le bruit du cliquetis du cerceau. Souviens-toi. » Le haut du bras, la ligne. « Le matelassier arrivait en poussant la cardeuse. Sa femme l'accompagnait toujours. Ils installaient le matelas, les tréteaux et écartaient la laine légère sur la toile. Les longues aiguilles traversaient l'épaisseur pour fixer en quinconce des flocons de laine. Tu adorais le bruit du va-et-vient du peigne de la cardeuse. La laine, le crin. » Elle fait encore glisser son index le long du bras, de l'épaule puis pose trois doigts entre les deux petits os saillants sous la gorge de sa grande fille. Elle s'arrête un moment, inspire et dit « Ici il y avait le joueur d'orgue. Il tournait la manivelle. Les fiches cartonnées et trouées défilaient, s'empilaient de l'autre côté pendant que les airs populaires s'envolaient. Tu te collais au joueur d'orgue. Mais les musiciens que tu préférais, c'était le violoniste et le chanteur. Quand ils entraient dans la cour, tu demandais à ce qu'on ouvre toutes les fenêtres. Tu disais Il faut changer la musique des murs. Puis tu réclamais un sou à ton père. Il te le tendait, te soulevait du sol et tu lançais la pièce par la fenêtre. Les musiciens te saluaient en criant merci. Un jour, tu as regardé ton père et tu lui as dit Moi aussi, je veux faire tomber les pièces du ciel ». Elles rient. Silence. « Veevie, n'oublie jamais que ton chant apaise la douleur. » Veevie ne répond pas. Pas tout de suite. D'abord elle laisse les images se graver en elle et dessiner comme une musique ancienne, intemporelle, universelle. Alors elle glisse sa main dans celle de sa mère et répond « Je me souviens ».

Elles tournent le sablier.

V

Une maman ça ne meurt pas. C'est invincible, pense-t-il. Une maman c'est si grand que ça touche le ciel, ça plante l'horizon en deux mouvements. Une mère c'est indestructible n'est-ce pas. C'est la vie même, alors ça ne peut pas tomber. Pourtant elle est étendue sur le sol. Un papier à la main. Jojo s'approche. Une maman c'est un souffle éternel. Ça ne peut pas mourir. « Ne t'inquiète pas petit ange, tout va bien. » Elle respire difficilement. Une mère ça ne pleure pas, ça tient debout, ça coud, ça se fâche parfois, c'est tempête et horizon, c'est amour entier, c'est solide, ça ne vacille pas, parfois ça plie, une mère ça tangue mais ça ne tombe pas. Maman. « Ne t'inquiète pas mon chéri. Tout va bien. Tout va très bien. » Alors pourquoi le sol, pourquoi les larmes, pourquoi les mots qui s'en vont. « C'est la joie mon petit, c'est la joie, tu comprends. » Et sa mère pleure. Elle se relève péniblement, s'assied sur le sol. Installée comme cela, elle est à la hauteur de son enfant. « Viens là petit ange. Viens dans mes bras. Tout va bien. Regarde. » Elle lui montre le morceau de papier. « Regarde. Là. » L'enfant regarde et reconnaît dans les mains de sa mère ce bout de papier fin qui semble l'emporter à chaque fois dans un pays lointain. Il connaît la texture, il sait l'importance, il sait qu'il ne faut pas y toucher, il sait que ça a plus de valeur que les repas. Mais quoi, qu'y a-t-il à regarder maman ? « Regarde, là, sur le papier. » Et soudain sa mère devient torrent, rivière. Un flot de perles salées l'emporte. « Regarde ! » La pluie déborde de ses yeux, et ses larmes tombent sur les joues de l'enfant. « Regarde ! » Elle sourit en même temps. Comme une pluie en plein été, comme un soleil sur la neige. « Regarde. » Il se colle à elle, enfouit sa tête dans sa poitrine. Cherche le contact des seins, du cou. Et l'odeur de brique et de sapin. Maman. « Libre. Il est libre mon enfant. » Elle se relève. Redevient immense et droite. Et continue pourtant de pleurer. « Libre ! » L'enfant ne comprend pas. De qui parle-t-elle ? Et toutes ces larmes, est-il possible d'être heureux et malheureux en même temps ? Le bruit de ses pas. La voilà qui déambule. Ah non, elle danse. Non elle s'arrête, tombe à nouveau sur le sol. « Libre ! » Maman. « Ne t'inquiète pas. » Elle sourit. « Ne t'inquiète pas mon enfant, tout va bien maintenant. Viens ! » Elle se relève à nouveau et le prend dans ses bras.

Il voudrait rester accroché à son cou jusqu'à ce que le torrent cesse. « Viens, on va, on va… je ne sais pas. Viens ! Danse avec moi ! Oui, c'est cela, on va danser ! » Elle pose l'enfant sur le sol, attrape ses menottes dans ses mains calleuses et frappe le plancher de ses pieds. « Libre. Libre ! » Les mains du gamin sont noyées dans les paumes de sa mère. Elle danse, sans musique. Il ne la reconnaît pas. Mélange de peur et de fascination. Elle danse, sans musique.

Elle chante une mélodie inconnue. Le fait tourner sur lui-même. Au début, il hésite. Et puis la cadence l'entraîne. Le voilà qui bouge le bassin en rythme, un rythme inventé, elle rit et pleure et rit et pleure, et lui a cessé de s'inquiéter. Il est concentré sur ses pieds, sur son bassin. Hop un tour sur place. Elle lâche une main, soulève son bras en direction du ciel. Il l'imite. Et puis soudain ses jambes veulent aller plus vite. Il court et saute sur le divan. Regarde maman. En répétant « Libre ! Il est libre ». Il ne sait pas vraiment de qui on parle, ni même de quoi, mais il saute, sa mère applaudit et rit et pleure et rit et pleure et rit. Soudain dans l'encadrement de la porte, Veevie. Statufiée, le regard sombre. Elle les regarde comme s'ils étaient devenus fous. Suzanne prend le visage de son aînée dans ses mains, se remet aussitôt à pleurer et essaie de dire « Ma chérie » puis les pleurs, le rire. « Quoi ? » demande sèchement Veevie. « Libre. Il est… »

À nouveau sa mère rivière, sa mère torrent, alors l'enfant, pour éviter qu'elle ne tombe à nouveau, en jetant ses bras au ciel crie « Libre ! ». Il descend du divan, court, se retourne, prend de l'élan et plonge à nouveau dans les coussins. Sa sœur ne dit rien. On la croirait sourde. Ou terrorisée. Sa mère touche les boucles de cheveux de Veevie. L'une et l'autre hésitent, un peu, puis Suzanne prend sa grande dans ses bras et dit « Merci, merci, merci ma chérie. Je suis si désolée, si désolée ». Jojo regarde les bras de sa sœur qui pendouillent dans le vide. On dirait un pantin, pense-t-il, mais peu à peu les mains de Veevie enserrent la taille de leur mère. « Mon Dieu. Mon Dieu ! » répète Suzanne. Jojo observe, hésite lui aussi et finalement crie « On est libres ». Les deux femmes éclatent de rire. C'est le fou rire. Elles se regardent dans les yeux. Et les rires et les larmes et les sauts et les cris et les rires et les larmes et les sauts et les cris.

Ce soir-là, personne n'a tourné le sablier.

Veevie pose une couverture usagée sur la table de la cuisine. Beurk, pense l'enfant, le drap est tout roussi. « Pousse-toi, Canaillou, sinon tu risques de te faire brûler. » Sa mère attrape une épaisse poignée de tissus et s'approche du fourneau. On dirait qu'elle va livrer bataille. Elle saisit le manche du fer en fonte comme on s'empare d'une arme. « Mets la pattemouille ma chérie, j'arrive ! » Le fer noir s'approche du tissu mouillé. Contact. Fumée. « Ça brûle ! » « Mais non Canaillou, ça ne brûle pas, c'est de la vapeur. » Mouvement de va-et-vient sur le drap à petites fleurs bleues. Au lever du fer, les plis ont disparu. Et le triangle de tristesse qui s'était formé ces derniers temps entre les sourcils de la mère disparaît lui aussi. Aussitôt. Instantanément. Les fers à repasser ont le pouvoir de dérider les tissus et les peaux, pense l'enfant. Il regarde sa sœur. Visage impassible. Si je la fixe un long moment, tête baissée, elle va me regarder, c'est sûr ! Leurs yeux se croisent. Elle éclate de rire. Gagné. « T'as peur du fer ou quoi ? » Jojo sourit et lève les épaules, encore tout soûlé par les vapeurs d'herbes et de détergents mélangés. Sa mère soulève le monstre de fer, le place à quelques centimètres de sa joue et s'immobilise un instant. Ses yeux se ferment. L'éternité s'ouvre. « Tu vas te brûler, maman. » « Il faut bien que je m'habitue à nouveau à la chaleur d'une présence ! » Elle rit. Veevie aussi, un peu. Et lui, comme il ne sait pas quoi faire, il fait cette moue stupide qui fait rire tout le monde. Et ça marche encore une fois. Puis il se campe, debout sur la chaise, et cette fois on ne le gronde pas. Au contraire, on lui dit « Vas-y Jojo, récite-nous ton texte ».

Au début de la journée, le tas de tissus formait comme une montagne douillette. L'enfant s'était jeté et roulé dedans comme dans un nuage. « Pousse-toi, Canaillou, que je puisse trier les serviettes des torchons. » Sa sœur s'était emparée des linges et les avait jetés dans la lessiveuse. Sa mère touillait sur le fourneau une étrange soupe de tissus et de produits, comme si elle préparait une potion. Sorcière, avait pensé l'enfant. Quelques minutes plus tard, il s'était retrouvé comme jeté par miracle dans une carriole à l'odeur étrange. « Accroche-toi, garnement, sinon tu risques de tomber. » Et la ville avait défilé.

La ville en reconstruction, la ville qui regarde vers demain, la ville qui ressuscite et qui chaque jour se bat. « Grande Noire qui renaît de ses cendres », avait dit sa mère. À bord de son carrosse, il avait tout aimé. L'énorme tas de tissus qui l'enveloppait, les gueules des passants et puis surtout le tram qui passait, bruyant, machine des dieux s'il en est. *Peut-être que papa est en ce moment dans un train comme celui-là.* Il avait observé la machine de fer avec tant de curiosité que sa sœur s'était moquée de lui « Pourquoi tu le regardes comme ça le tram ? Tu veux être mécanicien ou quoi ? ». Rire. Magie. Tout est magie aujourd'hui. Plus tard, il avait pensé Mon père doit être un dieu, c'est certain, sinon pourquoi laver les draps ? « Regarde là-bas petite fripouille, regarde, c'est l'épicerie de la méchante Chalancon. C'est là que je chipe les bonbons à la réglisse. » Clin d'œil. Comme il l'aime cette sœur ! Il voudrait savoir tout faire comme elle. Au bout de la rue Paillon, sa mère avait acheté un seau d'eau chaude avec tant d'enthousiasme qu'on aurait cru qu'elle s'offrait une nouvelle robe. « Bien chaude l'eau, s'il vous plaît. Bien chaude. » Balle sur la hanche, elle avait traversé la rue, ses deux enfants sur ses talons. Puis mère et fille s'étaient installées côte à côte, à genoux, comme à l'église, mais dans une caisse à trois côtés. Suzanne avait déposé le linge bouilli dans un benon tout près d'elle. « Pousse-toi grand garçon, pousse-toi et observe bien, Canaillou. Les tissus vont redevenir tout blancs ! » Toutes frottaient, toutes les femmes, toutes les filles. Bruits de brosses sur les battoirs. Et frotte et lave et décrasse les carrés de tissu. Veevie avait inventé une chansonnette « Drap, prépare-toi à accueillir le grand retour. Trempe une fois dans le grand bassin, une fois dans le petit. Viens te suspendre sur les perches grâce aux pinces à linge que fabriquent les détenus de la prison de la rue Bizillon. Égoutte-toi. Allez sèche ! Que les taches s'effacent, que toutes traces disparaissent. » Odeurs d'herbe mouillée, de savon et de soleil mélangées. Couché sur le sol, hypnotisé par le mouvement du vent dans les tissus, Jojo s'est demandé Qu'est-ce qu'il faut effacer avant que le père n'arrive ? Quelle trace faut-il à tout prix faire disparaître ? Il a bourré sa question dans le fond de sa poche toute la journée.

Maintenant, il se tient là, debout sur la chaise, fier. Il est campé bien droit sur ses jambes, il met ses mains sur ses hanches et prend une pose si solennelle que sa mère et sa sœur cessent toute activité pour bien l'écouter. Alors il récite : « Bonjour papa. Je suis ton fils. Je m'appelle Georges. J'ai cinq ans. Bonjour papa. Je suis bien content de vous rencontrer… euh… de te rencontrer. » Elles éclatent de rire. Depuis ce matin, elles ne cessent de rire. Mais il se méfie. Ces derniers jours lui ont appris que rire et larmes prennent parfois le même chemin. Et puis il y a ce mot, qu'elles répètent depuis ce matin et qu'il ne comprend pas vraiment. *Demain.*

Demain il y aura quelqu'un ici, dans la maison, pour la nuit. Maman a déjà installé une chaise supplémentaire autour de la table. Donc demain le portrait va devenir vivant. Demain quelqu'un va sortir de l'image et bouger et parler et rentrer dans la maison et s'asseoir et rester. Demain quelqu'un sera là, ici, ce quelqu'un à qui il faut sans cesse faire plaisir, ce quelqu'un qui mange tout le chocolat, la confiture, le lard et qui porte des chaussons en peau de lapin, ce quelqu'un pour lequel il faut se priver de tout et être bien sage, ce quelqu'un pour lequel il faut prier et à qui il faut obéir, ce quelqu'un va venir, ici, dans cette maison. Demain, dans cette maison, il y aura quelqu'un, quelqu'un d'autre. Donc aujourd'hui, là, maintenant, Veevie, maman et moi, demain, c'est fini. Donc demain tue. Demain tue aujourd'hui, tue hier, donc demain sera une explosion, une bombe, demain pulvérisera le présent, donc demain fait peur, fait plus peur que les sourcils froncés de la mère, plus peur que les objets volés que cache Veevie, plus peur que le bruit des sabots de Chenapan. Donc demain c'est pire que de tomber d'une caisse à savon, c'est pire que d'avoir les genoux en feu, c'est pire que le sang qui coule. Demain c'est comme le petit chat qui part, qui ne veut même plus du lait qu'on a pourtant gardé exprès pour lui, demain c'est aujourd'hui qui meurt, demain c'est la fin, donc il ne faut pas que Veevie tourne le sablier, il ne faut pas dormir, il faut garder les yeux ouverts, il faut rester aujourd'hui le plus longtemps possible, ne pas fermer les paupières, sinon demain viendra, demain arrivera, demain quelqu'un sera là, qui détruira tout.

« Veevie s'il te plaît
s'il te plaît Veevie parle avec moi j'veux pas dormir
j'veux rester aujourd'hui
et puis mon lit il sent le savon j'aime pas
j'veux retrouver l'odeur des draps d'avant
j'veux que maman fasse des colis
j'veux que tu me montres ce que tu as volé aujourd'hui

Veevie pourquoi tu dors
c'est pas une nuit pour dormir
Veevie

Quoi
Tourne pas le sablier
Pourquoi
Parce que j'veux pas y aller
Où ça ?
À la gare, j'veux pas attendre le train, j'veux pas que le train il vienne, j'veux qu'il déraille le train
Hé Jojo t'inquiète pas, tout ira bien. Si tu veux je te donnerai la main.

C'est pas vrai, hier t'as dit que j'dois grandir et qu'il faut que j'marche tout seul.

Oui mais le jour où papa revient, promis, je te tiendrai la main.

C'est vrai ?

Oui promis. Allez oust, au dodo

D'accord. Bonne nuit

Bonne nuit

Fais de beaux rêves

Oui fais de beaux rêves toi aussi

Veevie

Quoi

J'connais plus mon texte

T'inquiète Canaillou, demain on est libres, c'est tout, d'accord

D'accord

Veevie

Quoi

J't'aime beaucoup beaucoup

Jojo

Quoi

Moi aussi je t'aime Canaillou »

Silence étoile silence

Comme à chaque demain, sa mère a mis des fleurs dans ses cheveux. Comme à chaque demain, elle a peint ses mollets avec du brou de noix et dessiné un trait au crayon noir pour imiter la couture des bas. Finalement, c'est toujours pareil demain. Demain, c'est aller à la gare. La gare bondée. Demain, c'est la fumée de la locomotive et l'odeur de grillé. C'est le crissement des freins et tous ces messieurs qui sortent des wagons, passent entre la haie humaine, répondent aux questions. Demain, c'est sa mère qui cherche quelqu'un, qui se met sur la pointe des pieds. Tout autour ce sont des cris, des larmes, des rires aussi, mais surtout des larmes, et puis c'est la voix de sa mère qui dit « Il n'est pas là, nous reviendrons demain ».

Demain, c'est le chemin du retour. Sa mère qui ne dit pas un mot. Sa sœur qui insiste pour qu'il marche sans lui donner la main parce qu'aujourd'hui ce n'est pas encore demain. Demain c'est lui qui regarde le trou de sa godasse qui grandit à chaque fois qu'ils vont jusqu'à demain. C'est long demain. Et puis c'est loin la gare. Demain, c'est s'endormir en pensant à cette chaise en trop autour de la table de la cuisine. Et puis demain ça recommence.

C'est aujourd'hui la septième fois que c'est demain. Sa mère a mis des fleurs dans ses cheveux. Elle a peint ses mollets avec du brou de noix et dessiné un trait au crayon noir en disant « J'espère qu'il ne pleuvra pas comme la dernière fois, sinon ça va tout gâter ». Le demain d'aujourd'hui c'est le train qui arrive d'Oullins et qui doit entrer en gare à 21 h 45. Veevie a les yeux rivés sur l'énorme pendule. Fumée, odeur de charbon. Crissement de freins. Et l'interminable demain recommence avec tous ces messieurs qui sortent des wagons, qui passent entre la haie, qui répondent aux questions. Fumée, odeur de charbon. Tout autour, ce sont des cris, des larmes, des rires aussi. Soudain sa mère saute par-dessus les cordes. Elle se précipite dans les bras d'un homme. D'un homme bien trop grand, pense l'enfant. Jojo attrape la main de sa sœur. Elle accepte sa menotte et la garde dans sa main. L'homme enlace leur mère. Trop près, pense l'enfant. Sa main devient nerveuse dans celle de la sœur. Veevie, elle, regarde, visage impassible. C'est une vraie menteuse, pense l'enfant, elle sait tout cacher. Toutes ses émotions. Veevie serre la main de son petit frère, un peu plus fort, pour le rassurer. Quand l'homme s'approche d'eux, Jojo est terrifié. Il ressemble à un ogre, pense-t-il. Sa veste kaki est trop grande pour lui, et ses sourcils noirs et épais ressemblent à ceux du diable. L'homme regarde d'abord Veevie et dit « Tu es si jolie, jolie à croquer ». L'enfant frémit. Puis l'homme le regarde, lui, Jojo. Il a l'impression qu'il lui perce les yeux avec son regard humide. « Et toi, tu dois être Georges, non ? » Il ne répond pas. Il ne dit rien. Tout en lui est figé. Le texte tant récité s'est envolé, disparu. Il a perdu sa voix. Tout en lui tremble. Il voudrait partir en courant. Sa sœur retient sa main dans la sienne, pour le rassurer, à moins que cela ne soit pour l'empêcher de s'enfuir. Jojo baisse les yeux et ne dit rien.

Maintenant ils marchent dans la ville. Ils ne sont plus trois, ils sont quatre.

Ils marchent dans la ville. Si lentement.

La mère a choisi un trajet qui évite les rues éventrées. La ville est immense.

Immense.

La maison n'a jamais été aussi loin.

La main de Jojo ne quitte pas celle de sa sœur. Cette fois elle ne dit rien, ne se fâche pas, ne fait pas de remarque. Elle garde sa main dans la sienne. Tranquillement.

Ils marchent dans la ville. Si lentement.

La ville est trop grande. Rétrécissez-la.

En poussant la porte, sa mère dit « Bienvenue ».

En allumant la lumière, elle dit encore « Bienvenue ».

Le monsieur répond, dans un souffle quasi imperceptible, « Merci ».

Sur le mur de l'entrée, le bout de papier est encore épinglé. *I'm safe. All is OK* dit l'encre.

Le monsieur décroche le télégramme, le pose sur la commode et prend sur les lèvres de sa femme un baiser si maladroit que personne ne sait comment s'en dépatouiller.

Puis il s'approche du fauteuil. Il s'assied.

Et ne dit rien.

Veevie s'avance et offre au monsieur un écrin pour sa pipe. Il la remercie, comme font les prêtres.

Et ne dit rien.

Jojo avait préparé un bracelet de perles. Il avait aussi dessiné, sur un bout de papier que sa sœur lui avait rapporté, il avait dessiné une maison. Et un soleil. Mais il n'a pas le courage ni l'envie de s'approcher du monsieur.

Ses mouvements sont si lents.

Si lents.

Silence.

Le monsieur dit « Ce nid est si gai, et si accueillant ».

Silence.

Chaque mot, chaque geste semble empreint d'une consistance épaisse. Et gluante.

Le monsieur est là. Sa mère aussi. La maison aussi. Pourtant la famille réunie ressemble à un ramassis d'inconnus. Timides. Méfiants.

Et d'un coup Suzanne vieillit. Elle change de visage. La ride, qui hier s'était effacée, se double maintenant d'une barre au milieu du front. Une immense déception s'abat sur ses paupières. La joie des retrouvailles et la souffrance de l'attente se confondent dans un même mouvement. C'est ce mélange qui l'entoure d'un brouillard terrifiant et somptueux, sans âge.

Les deux adultes semblent marcher sur un fil minuscule. Ils ont l'air d'être très loin l'un de l'autre. Ils ont beau être tout à côté, ils sont encore éloignés de toute une vie.

« Un stylo, donne-moi un stylo s'il te plaît. Et notre livre de raison. »

Suzanne court chercher le livre qu'elle cache dans le tiroir de la commode depuis cinq années et le tend à son mari.

Et puis à nouveau le silence, le grand silence.

Au bout d'un long moment, Jojo entend :

« Les enfants, embrassez votre papa et allez vous coucher. »

Veevie s'exécute. Faussement obéissante.

Jojo ne bouge pas.

« Georges, ton papa n'est plus un nom ou une photo. C'est un homme. C'est "ton papa". Il a été brave. Il a souffert. Il a vécu des années dans l'espoir de te revoir. Sois digne de lui, souhaite-lui une bonne nuit et embrasse-le. »

Jojo refuse.

Le monsieur dit « Ce n'est rien », mais il le dit si faiblement qu'on l'entend à peine. Puis il sourit, embrasse le bout de ses doigts et lance un baiser dans les airs. Jojo n'a jamais vu de geste aussi gauche.

Veevie prend la main de son frère, encore une fois, et le conduit vers leur chambre.

« Ce n'est pas mon papa, je veux mon vrai papa, celui qui est sur la photo.

— Il est toujours là celui de la photo. Il est pas parti Jojo.

— Mais qui c'est alors celui qu'est dans le salon ?

— C'est le même mais c'est un autre. En fait, on a maintenant deux papas c'est tout.

— Deux papas ?

— Oui. C'est pas parce que l'autre est là qu'on peut pas continuer d'imaginer ce qu'on veut non ? Moi je crois qu'il y a toujours quelque part un autre papa qui nous attend et qui n'a pas de gros sourcils aussi mal taillés ! »

Il rit.

Et fatigué par la peur et par les larmes et par ce mot trop lourd pour lui, ce *demain* qu'il a fallu porter tant de fois, il s'endort presque aussitôt, dans le lit de sa sœur. Elle pose un baiser sur son front et, alors qu'elle ne l'a plus fait depuis une année entière, elle s'installe face à la fenêtre, pose ses genoux sur le plancher et dit : « Je sais que d'ordinaire on adresse ses prières au Père, à la Vierge ou au petit Jésus. Mais, puisque leurs statues et leurs miracles ont disparu sous des tonnes de gravats, je m'adresse à toi la lune, toi qui illumines la chambre, la rue, la ville et toute l'humanité. Lune, je te demande de protéger mon petit frère et aussi toute la famille. C'est maintenant que tout commence. Lune, aide-nous à dépasser nos désillusions et que la joie survive aux déceptions. Vive le Cointreau et merci pour le chocolat. Alléluia. »

VI

Marcel était persuadé que, dans le ventre de l'église, il retrouverait la sérénité de la petite chapelle du camp. Il pensait que, lorsque toute sa famille serait réunie, ici, dans le lieu saint, il ressentirait une profonde gratitude. Il était certain qu'en entendant l'assemblée entonner l'Agnus Dei, le sentiment de communion l'inonderait. Pourtant, il n'en fut rien. La file des communiants entra dans l'église. Les garçons au brassard bleu foncé et costume impeccable avancèrent d'un côté, les jeunes filles en robe blanche de l'autre, tous tenant dans la main un cierge à la taille proportionnelle à leur classement de sortie. Les yeux de Marcel passaient d'une silhouette à l'autre. Il cherchait Veevie, partout, dans les plis des tissus blancs, dans les visages des communiantes, dans leur démarche, dans la position des mains qui tenaient le cierge. Mais il avait beau scruter, il ne la trouvait pas. Où était l'enfant qu'il avait vue naître ? Pourquoi était-il incapable de reconnaître celle qu'il avait fait baptiser dans cette même église quelques années auparavant ? Où était celle qui s'était accrochée à sa jambe avant de prendre son élan et de faire ses premiers pas ? Où était l'enfant à la voix d'ange qui se ruait dans sa poitrine pour réclamer câlins et tendresse ? Il avait beau scruter, chercher un signe, un indice, une attitude, n'importe quoi qu'il puisse reconnaître, il était incapable de distinguer la silhouette de sa propre fille de celles des autres communiantes.

Les jeunes gens se disposèrent en cercle au centre de la nef. Le prêtre distribua l'hostie. On entendit la phrase sacrée « Je renonce à Satan, à ses pompes et à ses œuvres, et je m'attache à Jésus-Christ pour toujours ». Suzanne posa sa main sur celle de son mari. Et peu à peu ce contact se transforma en brûlure. La main de son épouse lui parut soudain totalement étrangère. « Des heures, dit Suzanne, tant d'heures de travail pour faire cette robe, tu ne peux pas imaginer. » Elle disait vrai, il ne pouvait pas imaginer. On ne rattrape pas le temps avec l'imaginaire. « Comme elle est belle maintenant, regarde, une véritable petite femme. » Il fixait le chœur, cherchait la robe en question, celle que Suzanne avait mise des mois à coudre, il cherchait le visage de Veevie, mais non, il ne reconnaissait rien. Il n'osa pas poser la question à sa femme. Il se serait senti bien ridicule de demander « Où est-elle ?

Où est notre fille ? ». Il se contenta de baisser les yeux pour dissimuler la tristesse qui l'envahissait. La main de son épouse recouvrait toujours la sienne, le brûlant chaque seconde davantage. Mais il n'osait pas bouger. Il s'efforça de faire semblant d'entrer dans la solennité du moment tout comme il s'était efforcé de s'habiller, dès le matin, en même temps qu'il avait enfilé sa veste de costume, de son plus grand sourire. Il baissa les paupières. Au moins cela est permis dans les églises. Peut-être est-ce d'ailleurs la raison qui lui faisait tant aimer les églises et les chapelles. Il ferma les paupières un instant, espérant qu'une parole du prêtre lui offre l'occasion de retirer sa main. Cela ne venait pas. Il n'y tint plus et, comme lorsqu'on fuit un animal sauvage, avec le plus de lenteur possible et sans faire de geste brusque, il dégagea sa main de celle de Suzanne. Il rassembla ses paumes l'une contre l'autre, baissa la tête et se mit à prier. Il trouverait, c'est certain, dans la posture maintes fois répétée, un peu de calme et de soutien. Il fallait à tout prix que le flot d'amertume qui tambourinait à la porte de sa poitrine se calme avant de déborder de façon incontrôlable. Il le fallait. Il pria ardemment. Mais rien. Même Dieu ne répondit pas ce jour-là. C'est toujours quand on a besoin de lui qu'il fait le muet, ce lâche. Il creusa alors une tranchée entre son torse et sa pomme d'Adam pour y enfouir sa déception. Il le fit avec application. Comme d'autres enfouissent les cadavres au fond des fosses. En tassant bien, pour qu'aucun bout ne dépasse.

En sortant de l'église, l'assemblée des fidèles fut secouée de petits cris. Certains avaient profité de l'heure de la messe pour monter sur la grand-place un parquet gigantesque. Les nouvelles communiantes sautèrent de joie, le prêtre s'offusqua, la foule s'électrisa. Et lui, il restait coincé dans son costume trop large, dans son corps amaigri, dans sa douleur compartimentée. Rien ne lui parvenait. Ni les airs de musette que le pick-up diffusait, ni la danse euphorique des communiants, ni les signes de croix que le prêtre multipliait. Il restait coincé sous une écorce épaisse.

Les chars défilèrent. Les soldats distribuèrent de gros biscuits et des chewing-gums. Rien ne l'attendrit. Il était bien trop occupé à retenir le cri intense qui menaçait de s'échapper de sa poitrine. Il était bien trop occupé à cacher sa détresse derrière une expression calme. Et un sourire.

Quatorze personnes sont installées autour de la table. On a poussé les meubles au fond de la pièce, tiré les rallonges de la table en bois, ressorti les nappes brodées et les couverts en argent des greniers, et emprunté des chaises supplémentaires. Chacun a mis sa plus belle chemise, son plus beau costume, sa plus belle robe, son plus beau chemisier, sa plus belle cravate, son plus beau sourire. Il a la sensation d'être entouré d'une ribambelle de tissus et de voiles. Sa fille aînée est placée au centre de la table, face à lui. Tout le monde est assis avec chacun son menu, chacun son assiette, chacun sa fourchette, chacun son couteau, chacun son bonheur, chacun son malheur, chacun ses souvenirs, chacun ses hontes, chacun ses fiertés. Suzanne pose un gros plat au centre de la table. Ça sent bon comme les dimanches d'avant, comme les joies d'antan, pense-t-il. Pourtant c'est absolument différent.

Son oncle débouche une bouteille de côtes-du-rhône et dit « Tiens, goûte celui-ci, tu m'en diras des nouvelles ».

Marcel sourit. On lève les verres. On trinque.

« À la santé des communiantes ! »

Ninon ajoute : « Et à celle des prisonniers de retour ! »

Le bruit que font les verres qui s'entrechoquent aurait dû être doux comme les paroles d'une chanson qu'on retrouve. Pourtant ça lui perce les tympans.

Il approche le verre de vin de son nez. Une odeur ronde et musquée vient lui picoter les narines. Il se revoit, front collé à la vitre du camp, yeux en direction du mirador, tentant de remplacer la vision de la marche des sentinelles par celle des cueilleurs de grappes. Chaque automne, il faisait cet exercice. Il s'efforçait de convoquer ses doux souvenirs : la couleur sombre des grappes mûres, les seaux de bois emplis à ras bord, les allées longues, le pressoir, l'égrappoir. Il déployait tout son imaginaire pour voir, à la place du mirador et du ciel blanc, les allées longues comme des chemins princiers, la chorégraphie des vendangeurs, la tortuosité des ceps de vigne. Mais les années de détention avaient fini par transformer ses souvenirs les plus vigoureux en épaules fragiles. Si bien qu'au troisième automne, il s'était résolu à ne plus prendre appui sur sa mémoire au risque de perdre l'équilibre et de basculer tout entier dans la folie.

« Alors quoi ? tu ne bois pas ? Ça t'a donc pas manqué tant que ça ! » Son oncle rit. « Suzanne nous avait dit que ta foi avait grandi, mais je ne savais pas que tu étais devenu ascète ! »

La table entière éclate de rire. Quelqu'un ajoute : « Pourtant même les prêtres apprécient le vin ! »

Il rit aussi.

« Allez bascule donc cousin ! »

On lève encore le verre, il le porte à ses lèvres et boit. Le liquide coule dans sa bouche, chauffe sa langue, chauffe même ses dents. Il déglutit. Mais la gorgée de vin reste coincée dans sa gorge. Il a envie de tousser. Il se retient. Il déglutit encore une fois. C'est comme si le liquide refusait de descendre dans ses entrailles. Et décidait de le brûler inexorablement. Est-ce donc cela le retour, une immense brûlure qui traverse chaque instant ?

Pendant que son oncle découpe la volaille, la doyenne, assise à sa droite, se penche vers lui et dit : « L'été dernier, votre grande, eh ben, elle a tué une poule. Toute seule. Vous auriez été fier d'elle. »

Jojo bondit sur les genoux de sa grand-mère et dit : « C'est vrai, j'l'ai vue faire. Elle a même pas eu peur. Elle lui a coupé la tête d'un coup ! Chlac ! »

Le chlac résonne dans ses oreilles, rebondit dans ses artères. Il repose son verre sur la table. Mais au centre de la pièce ce n'est plus la poule rôtie qu'il voit, c'est la tête de Prébois écrasée sur le sol.

« Tiens voilà une bonne cuisse pour te requinquer. Fais voir ton auge. »

Il tend son assiette vers le plat. Il pense aux heures passées à souffler sur les braises, pour que la graisse cuise, pour que les haricots cuisent, pour que…

« Si on ne veut pas que les horreurs se reproduisent, il faut un changement radical de société. Personne n'a envie de revivre tout ça et sûrement pas eux. »

Il mâche. Il se concentre pour mastiquer un morceau de cuisse de poule au blanc. Pendant ce temps les mots claquent. Il repense à sa plaque de prisonnier, numéro 54558.

« Il faut des idées nouvelles, de nouvelles manières de faire ensemble. Et ce n'est pas nous, les adultes, qui allons les inventer. Regardez. On n'a rien su faire d'autre que la guerre. Il faut faire autrement. Il faut donner à la jeunesse les moyens d'inventer la suite pour que personne ne revive tout cela. »

Il mâche. Il faut de l'application pour digérer.

Plus tard, on l'interpelle :

« Et toi ? Tu n'as rien à dire ? Tu n'as rien à raconter ?

— Oh oui, dit Suzanne, raconte-nous l'histoire des patates ! »

Ah oui. Il avale un peu d'eau et raconte l'histoire des patates.

On rit au début. On rit au milieu. Et, au moment de la chute, on éclate de rire. Presque on applaudirait. On répète les mots de la fin : « À cause des épluchures. Haha. Haha. Elle est bien bonne celle-là ! On la racontera aux enfants ! »

Et chacun retourne à sa coupelle, à sa cuillère, à sa compotée de fruits.

Après avoir servi le café, Suzanne se penche vers sa fille et dit la phrase coutumière « C'est le plus beau jour de ta vie ». À cet instant précis, quelque chose en lui s'effondre.

Il a passé mille huit cent vingt-cinq jours, et nuits, à prier, espérant qu'il lui soit donné de retrouver un jour ceux qu'il aime et chérit. Et voilà qu'aujourd'hui, alors que tout le monde est réuni, voilà qu'il ne reconnaît rien, absolument rien de ce qu'il a quitté. Ni sa famille, ni sa ville, ni sa fille. Et pourtant on attend de lui qu'il reprenne le même rôle, son rôle de mari, de père, de gendre, de neveu, de travailleur, de bon citoyen, pour que la scène se reproduise à l'infini, avec les mêmes phrases, les mêmes cérémonies, les mêmes repas de famille, les mêmes desserts, les mêmes « plus beau jour de ta vie ». Mais tout cela lui est impossible. Et insupportable. Le dernier espoir qui le maintenait en vie vient de s'écrouler. Quelque chose en lui s'effondre. Et, soudain, il n'en veut plus de cette liberté-là.

Quand chacun eut terminé son assiette, fini son verre, posé sa fourchette, essuyé sa bouche, repoussé sa chaise, refermé sa veste, remis son manteau et fut sorti de la maison, il poussa la porte et dit « Je vais me reposer ». Il ne pensa à embrasser ni ses enfants ni sa femme et disparut dans la chambre.

Sur la table de l'entrée, le sablier.
Dans le goulet, un grain de craie, gonflé.
Qui ne s'écoule plus.

Ils sont côte à côte. Allongés sur le lit. Pas un bruit.

Il voudrait lui dire qu'il regrette d'avoir raconté cette histoire. Qu'il ne racontera plus jamais d'histoire de patates, d'épluchures, de carriole ou de gardiens. Il voudrait lui dire qu'en la racontant, cette histoire, il l'a salie. Il l'a abîmée, gâtée, noyée sous la compotée, le sucre et le café. Cette parcelle de survie, racontée, vêtue de mots, est devenue une anecdote idiote, une blague banale étalée sur la table, un fruit écrasé, perdu et sans noyau. Il a massacré sa texture, son ampleur, sa dureté. Il a bousillé son jus. Il voudrait lui dire qu'il ne dira plus rien, car, lorsqu'il parle, lorsqu'il nomme, qu'il décrit, tout s'étiole et devient faux. Raconter le fait mentir. Il ne peut pas décrire. Il ne peut pas tout décrire, ni le manque de couleurs, ni le froid, ni l'excès d'odeurs, ça ne se raconte pas. Ça se survit.

C'est tout. Certains installent des pieux dans les maisons pour empêcher que le toit ne s'écroule, d'autres camouflent la misère derrière un bel enduit. Lui, il a inventé des oiseaux dans un ciel monstrueux et pathétique pour apaiser le froid qui courait sur son dos au milieu de la nuit. Et, même si ça ne marchait pas – les oiseaux de lumière –, cela permettait de tenir droit dans le regard de quelqu'un. Il voudrait lui dire tout cela, mais il ne dit rien. Enfin si, il dit « Embrasse-moi. Je veux goûter tes lèvres ».

Elle voudrait lui dire que cette histoire de patates, elle la racontera aux enfants, puisque lui ne leur parle pas. Ils riront bien. Elle voudrait lui dire que le silence qu'il ramène, ce silence l'écrase. Que sa présence est plus lourde que son absence. Que lorsqu'il était loin, il était quelque chose, il était un son, une voix, un espoir, des myriades de pensées. Elle voudrait lui dire qu'elle prenait souvent appui sur ses milliards de mots, qu'elle y déposait sa fatigue et sa peine à jouir, puisqu'elle n'était que cela, puisqu'elles n'étaient que cela, ces épouses-là, des peine-à-jouir, des femmes fidèles, toujours aimantes, solides, solidaires, femmes-colis, femmes-conserves, conservées, rangées, classées dans les maisons. Ne sortez pas. Ne dansez pas. Ne riez pas. Conservez-vous, conservez votre peau, conservez votre joie et, lorsque votre mari reviendra, ouvrez grand vos bras, vos corps, vos fesses, massez vos pommettes, souriez et accueillez-le, il le mérite bien. Elle voudrait lui dire qu'elle l'a attendu mille huit cent vingt-cinq jours et que maintenant que le voilà, il continue de l'empêcher de jouir ; qu'elle n'a jamais été aussi triste que depuis qu'il est de retour ; qu'il la freine, qu'il absorbe sa joie, que son regard d'ancien captif l'emprisonne elle aussi. Elle voudrait lui dire qu'elle préférait quand il était loin, et qu'il lui écrivait. Qu'elle l'aimait à ce moment-là. Follement. Mais elle ne dit rien. Enfin si, elle se penche sur lui et dit « Tu m'as tellement manqué » et pose sa bouche contre la sienne.

Il voudrait lui dire que, lorsqu'il décrivait, dans ses lettres, les parties de cartes, la fraternité derrière les barbelés, la sérénité de la petite chapelle, les pousses nouvelles du potager, c'était pour éviter de décrire le réel. Il voudrait lui dire que, s'il épinglait ses photos près de son lit, ce n'était pas tant pour la voir elle et caresser du bout du doigt l'image de son visage, non, c'était davantage pour masquer la pourriture des murs et détourner son attention de l'incessante marche des punaises sur le rebord du lit. Il voudrait lui dire que, s'il écrivait des jolies phrases, c'était pour éviter qu'ils ne croulent ensemble sous la puanteur des latrines. Il voudrait lui dire qu'il n'a pas eu d'autre choix, parfois, que d'utiliser les lettres qu'elle lui envoyait pour allumer le feu, pour se moucher ou se torcher. Mais non, il ne dit pas ça. Qui supporterait d'entendre ça. Non. Il ne peut pas dire ça. Il n'en est pas question. Il ne dit pas cela. Il caresse son dos. Et dit : « Ta peau est si douce. »

Elle voudrait lui dire que, chaque matin, lorsqu'elle défroisse ses rides dans l'eau glacée, qu'elle masse son front, qu'elle pince ses pommettes pour les faire rosir, ce n'est pas pour faire plaisir aux magazines, ni aux femmes de la ville. Si elle tente de dérider sa peau, qu'elle maquille ses joues, sa bouche, ses jambes, qu'elle peint ses mollets avec du brou de noix, qu'elle trace l'imitation d'un trait de couture avec un crayon noir, ce n'est pas pour suivre la mode, c'est pour attirer son regard, à lui ; mais qu'il ne voit rien et que, même quand il la regarde, elle a l'impression qu'il ne la voit pas ; qu'elle pourrait bien défiler avec une plume de paon plantée dans le cul qu'il n'y verrait rien. Mais elle ne dit pas cela. Elle dit « J'ai envie de te sucer ».

Il voudrait lui dire qu'il a trouvé ce repas interminable, qu'il s'est retenu pour ne pas mettre tout le monde à la porte avec leurs « Si tu savais » et leurs « Tu ne peux pas imaginer ». Il voudrait lui dire qu'il a cru qu'il ne parviendrait pas à contenir sa rage parce que sa rage est folle, animale, qu'elle est aux aguets et que durant le repas elle n'attendait qu'une seule chose, le moment idéal pour bondir à la gueule de l'oncle, lui fracasser le crâne avec son côtes-du-rhône et ses souvenirs héroïques ; mais il ne dit pas ça, il dit « Détache ton chignon et engloutis-moi ».

Elle voudrait lui dire que c'est le pire repas de famille qu'elle ait jamais vécu, que ç'aurait dû être un moment merveilleux, mais que tout a été raté par sa faute, qu'il a tout fait rater ; elle voudrait dire, elle voudrait crier « Tu es une défaite, toi et tous les autres, vous êtes une défaite pour le pays entier, un immense fleuve de défaite, vos tristesses débordent et inondent les rues, mais nous n'avons besoin ni d'une marée, ni d'une crue ! ». Mais elle ne dit rien. Elle met son sexe dans sa bouche.

Il voudrait lui dire que les derniers mois étaient les plus durs qu'il ait jamais vécus et qu'à ce moment-là, ce ne sont pas les lettres qui lui ont le plus manqué, non, ce n'étaient pas ses lettres. C'étaient les colis. Qu'il ne pensait plus à elle, aux enfants et encore moins à Dieu, il ne pensait qu'à manger et que, s'il n'a pas ramené les chaussons, c'est qu'il les a échangés contre une tranche de pain rassis. Mais il ne dit pas ça. Il ne dit rien, il enfonce son clocher en fureur dans sa bouche humide.

Elle voudrait lui dire « Vous arrivez trop tard, et vous arrivez trop mal, vous arrivez sans rien d'autre que votre petit baluchon de misère, votre ficelle de souvenirs, votre couverture trouée et votre plaque en fer. Vous essayez de vous planquer, de vous carapater dans les maisons, mais on ne voit que vous, vous êtes partout, dans les allées, dans le tram, sous les halles, sur la grand-place, dans chaque ruelle ; d'un bout à l'autre du pays, on ne voit que vous. Vous nous cernez avec vos cernes et vos dégaines malsaines. Partout où je te fuis, tu es là, dans cet homme qui tourne en rond et qui répète toujours la même chanson ». Mais elle ne dit pas ça, elle dit « Presse mes seins, palpe mes fesses et prends-moi bien ».

Il dit « Viens, empale-toi sur moi et prenons du plaisir ».

Et, tandis qu'elle enveloppe son membre à peine dur dans son sexe humide, lui repense à ce bout de saucisse qu'avec ses camarades ils se disputaient chaque soir, ce petit bout de gras qu'on leur distribuait et qui n'était jamais suffisant. « Hé ! La tienne elle est plus grosse que la mienne, ce n'est pas juste, donne-moi-z-en un bout. »

Et, tandis qu'elle va et vient sur sa verge, elle se promet de ne plus s'inquiéter de savoir si son mari va bien, s'il a froid, s'il a faim, s'il est vivant, s'il reviendra. Elle ne veut plus s'inquiéter de rien d'autre que de son bonheur à elle, et danser, et rire, pour un rien, et s'amuser, de tout. Mais elle ne dit pas cela, elle dit « Oui encore, c'est si bon ! ».

Il voudrait dire qu'il doute de pouvoir à nouveau aimer un jour, mais il ne dit pas cela, il dit « Je t'aime ».

Elle remue ses hanches et ses seins gorgés de désirs, elle repense à la phrase du maréchal qui dit que, si la pensée est en ordre, les phrases s'emboîtent d'elles-mêmes, qu'il faut être simple et avare, ne pas utiliser d'adjectifs, encore moins de superlatifs, rarement des adverbes et surtout pas de chevilles au début des phrases ; et que le point-virgule est un bâtard. Elle se dit qu'elle en a marre d'essayer d'être un joli paragraphe, une jolie phrase et qu'à partir de maintenant, elle veut exister dans le désordre et le chaos, et jouir une fois par jour sans retenue. Elle voudrait lui dire cela aussi.

Il donne des coups de reins pour la pénétrer plus profondément, en espérant qu'après cela, elle le laissera seul, seul dans une pièce et pour longtemps. Il voudrait lui dire qu'il n'a besoin que de cela, être seul et tranquille. Mais il ne dit rien.

Elle accélère le rythme, s'imagine faire l'amour avec d'autres hommes et aussitôt jouit. Il serre ses hanches contre les siennes et vient en elle, presque avec douleur.

Elle veut danser au milieu des champs de blé et tournoyer sans fin jusqu'au lever du jour. Mais elle ne dit pas ça, elle dit « C'était délicieux ».

Il veut que personne ne vienne crever ses jours et ses nuits avec des poules, des missels, des tartes aux abricots séchés et des gags à raconter. Mais il ne dit pas ça, il dit « Oh oui ».

Elle descend de son corps. Elle voudrait lui dire « Je veux farcir mes yeux avec les couleurs de l'été ». Mais elle ne dit pas ça. Elle ne dit rien.

Il voudrait lui dire « Enferme-moi, je veux rester les yeux fixés au plafond au moins toute une saison ». Mais il ne dit pas ça, il ne dit rien.

Elle glisse hors du lit, hors de son enfer pense-t-elle et sort de la chambre.

Il ne dit rien, enfin si, il dit « Ferme la porte ».

Veevie court. Elle fonce retrouver Chenapan. Elle court si vite que lorsqu'elle arrive à leur quartier général elle est tout essoufflée et a bien du mal à annoncer la nouvelle.

« On va… on va… partir… dans le sud… sud de la France ! »

Chenapan est devant son carnet de comptabilité – comme il aime à l'appeler –, il a posé une série de chiffres les uns au-dessous des autres et tente de résoudre une division. Veevie continue de parler.

« C'est tante Ninon, elle a trouvé un endroit pour que Jojo et moi on parte… en colonie de vacances ! »

Chenapan ne réagit pas. Veevie continue.

« Au début maman a dit hors de question, mais finalement elle en a parlé à papa et papa a dit que c'était une bonne idée. »

Chenapan est tout affairé à calculer le nombre de cigarettes qu'il lui faudra vendre pour payer le ressemelage de ses vieux souliers. Il ne l'écoute donc que d'une oreille. Mais quand elle dit « Je leur ai répondu que je ne partirai pas sans toi », il stoppe son addition et regarde son amie. Avec ses yeux qui le fixent sans ciller et ses mèches à peine coiffées, il se dit qu'elle ressemble à une chouette.

« T'aurais vu leur tête quand j'ai dit que je ne partirai pas sans toi. »

Elle rit. Il retourne à ses comptes.

Maintenant, Veevie s'est placée face à lui. « Alors ? Chiche ? On y va ? » Chenapan ne répond rien. Presque moins qu'un silence. À peine un haussement d'épaules. Veevie plaque sa main sur le carnet de comptes de son ami et dit de cette voix sifflante et claire qui l'a toujours impressionné « Chenapan ! Dis-moi que tu viens ! ». Il pose son stylo et répond qu'il ne mettra pas les pieds dans ce genre d'endroit où les adultes décident de tout, que de toute manière il se fout des vacances et que, si elle a envie d'y aller, elle n'a qu'à y aller, lui, ça ne l'intéresse pas. Puis il repousse la main posée sur son carnet de comptes et reprend son calcul. Veevie reste un moment face à Chenapan, puis elle se dirige vers la porte et claque « Ouais t'as raison. Ça sert à rien d'aller voir la mer » et elle part. Sans se retourner. Ce qu'elle n'a pas vu, c'est que le dernier mot qu'elle a prononcé vient de gifler Chenapan. Comme si on le plaquait contre un mur. Ce n'est pas véritablement le mot qui le gifle. Mais le son. Ce son-là. Ce traître son qui dessine en lui un grand mur blanc. Et froid. Il est immobile avec cette gifle silencieuse scotchée à son nombril, à sa gorge, à ses chevilles. Emberlificoté dans le son. Emmêlé. Embobeliné dans le son [mɛʁ]. À ne pas savoir qu'en faire. Et voilà que déboulent devant lui, comme des sauvages, voilà que dévalent les images mirages.

D'abord la grande bleue, éblouissante, luminescente, maboule de beauté – plus belle encore que la carte postale que Clin-Clin a clouée au-dessus de sa couchette. La grande bleue vue deux fois sur un écran de cinéma, la voilà qui flotte. Puis se floute. Une silhouette apparaît. La silhouette. Toujours la même silhouette. Celle d'une dame qui porte sur la tête un fichu à fleurs jaunes dont dépassent des boucles de cheveux très bruns. Une dame qui n'a pas de visage. Et qui disparaît. Lui, il est assis. Il porte une serviette autour du cou. Il a les deux pieds sur le sol. Maintenant, du sable. Doux comme une épave, comme une peau de lapin étendue au soleil. Au loin, un mât. Le mât se rapproche. C'est un radeau à bord duquel voyagent des dizaines de matelas, collés, serrés, empilés. Un radeau de lits à barreaux gris. Il est assis. Il porte une serviette autour du cou. Il a les deux pieds sur le sol. À nouveau la dame. Elle tend un doigt vers le ciel. Il lève les yeux. Un plafond blanc. Très blanc. Très haut. De plus en plus blanc. De plus en plus haut. Puis à nouveau la dame, roulée dans un grand manteau marron, son fichu jaune, ses boucles brunes. Elle n'a toujours pas de visage. La grande bleue arrondit le dos, elle ronronne. Une fillette tisse une grande toile. La grande bleue gonfle, gronde, bedonne, elle devient vague, vague plus haute que le radeau. La fillette tisse. Et elle, la dame au fichu jaune, debout sous la vague, tend les bras vers lui. Lui, il est assis. Il porte une serviette autour du cou. Il a les deux pieds sur le sol. Il attend. Il est prêt. Il attend. Elle est devant lui, elle n'a ni yeux, ni bouche. La vague gonfle. La fillette tisse. La vague grossit. Il porte une serviette autour du cou. Il a les deux pieds sur le sol. La dame tend les bras. La fillette tisse. Il porte une serviette autour du cou. Il voudrait crier mais aucun son ne sort de sa bouche. Il a les deux pieds sur le sol. Devant lui une porte surmontée d'une grande rosace. La porte s'ouvre. La vague engloutit la dame. Le bruit du chariot, le crissement des roues sur le lino. La fillette a fini de tisser sa toile. C'est une grande toile d'araignée. Il est assis. Il porte une serviette autour du cou. Il voudrait crier mais aucun son ne sort de sa gorge. Il a les deux pieds sur le sol. Quelqu'un dit « C'est l'heure de manger, ouvre la bouche ».

Un après-midi d'été, alors qu'il était seul à la maison, Marcel eut envie de passer un peu de temps dans la chambre des enfants. Il n'y était pas encore entré depuis son retour. Il pensait qu'en ouvrant la porte, les placards, les tiroirs, il dénicherait des bouts du passé, inventerait des souvenirs, rattraperait l'irrattrapable. Toute la maisonnée était partie au centre-ville pour chercher les tickets de rationnement. Lui n'y comprenait rien à cette vie faite de tickets en carton, il ne comprenait pas comment Suzanne était parvenue à lui envoyer tant de colis alors qu'aujourd'hui encore, le moindre carré de chocolat était si difficile à trouver. Alors il leur avait dit d'y aller sans lui, qu'il préférait rester ici. Il n'avait aucune envie de croiser du monde. Depuis quelque temps il sortait de moins en moins de la chambre, à peine pour prendre les repas. Mais cet après-midi-là, il eut envie d'aller dans la pièce des enfants. Il monta les marches de bois, poussa la porte de leur chambre, regarda par la fenêtre. On voyait dépasser du mur d'en face une belle branche d'acacia. Une seule branche d'arbre suffit à voir les saisons passer pensa-t-il. Il caressa les couvertures, ouvrit la commode, enfouit son nez dans le petit tas d'habits propres, puis s'allongea sur le sol. Il imaginait ses enfants se racontant leur journée, se chamaillant ou riant aux éclats. Il resta allongé un long moment avant d'apercevoir, dans un coin de la chambre, sous le lit de Veevie, au fond à droite, une boîte. Il pensa à celles que sa femme avait rangées sous l'armoire le jour où il était revenu et se demanda de quoi pouvait bien être fait le trésor de ses enfants. Il rampa sous le lit, se saisit de la boîte, rampa dans l'autre sens, s'assit au milieu de la pièce et l'ouvrit. Un christ en ivoire, un reliquaire en argent, un crucifix de bronze. Comment ces objets sacrés avaient bien pu arriver jusque-là ? Il se releva et plaça chaque objet sur le lit, côte à côte : une icône sur bois, un calice plaqué or, une broche avec l'écusson de Bretagne. Il n'en revenait pas. Il avait devant lui un véritable trésor d'église. Et tandis qu'il regardait, fasciné, ces précieux objets liturgiques, il entendit des bruits de pas dans l'escalier. Il se dit qu'il fallait vite tout remettre en place. Mais les pas étaient rapides, et lui était encore un peu au ralenti.

La porte s'ouvrit.

Veevie a d'abord regardé son père avant de voir son trésor déballé comme un vulgaire inventaire.

Regards.

Marcel devrait peut-être se fâcher. C'est comme cela que font les pères, non ? Mais il ne sait pas faire. Pas encore. Pas comme cela. Et puis il n'a pas beaucoup de force. Alors il ne dit rien.

Veevie le regarde, s'approche du trésor déballé et caresse du doigt chacun des objets sacrés. Marcel comprend que c'est elle qui commencera le duel. Et qu'il ne la giflera pas.

Veevie se tourne vers la fenêtre, dos à lui, et dit

« Maman t'a raconté le joli feu d'artifice que nous avons vu au printemps dernier ? »

Silence

« C'était il y a un an, au mois de mars. Le 16 mars. Des éclairs incroyables. Jojo ne s'était pas réveillé. Maman et moi avons regardé le feu d'artifice. Il était minuit. Le lendemain, j'ai raconté à Jojo que de divines étincelles étaient tombées du ciel. »

Silence

« Maman t'a raconté le soir où elle a refermé les volets en disant Les hirondelles volent bien bas ? »

Silence

« Est-ce qu'elle t'a parlé de la photo que nous avons prise juste avant que mon école ne soit détruite ? Elle t'en a parlé ? »

Veevie se tourne vers son père. Le regarde. Durement. Lui ne répond pas. À peine un signe de la tête. Elle se remet face à la fenêtre.

« Chaque matin, je traverse la ville pour rejoindre les baraquements. Chaque matin je les vois. Ils sont nombreux ceux qui reconstruisent. Ils sont bien forts et bien costauds. Ils tirent les poutres, ils enlèvent les gravats, ils fabriquent du ciment, de l'enduit, ils comblent tout ce qu'ils peuvent. Chaque matin je les vois, les menuisiers, les maçons, les charpentiers, les plombiers. Ils tentent de la refaire belle. La ville. Comme si on pouvait la rajeunir, la réparer, comme si on pouvait la panser, la guérir de ses blessures et revenir en arrière. Chaque matin je voudrais crier Arrêtez ! Laissez-la tranquille avec sa gueule ensanglantée. Laissez-la mugir encore, laissez-la gueuler la ville, laissez-la crier encore au moins toute une année ! Ne cachez pas ses crevasses, ne ravalez pas ses façades, ne la rhabillez pas avant que toutes ses plaies ne soient cicatrisées. Sinon ça gangrènera. Sinon ça va suinter pendant des siècles. Laissez-la crier encore un peu. Il ne faut pas cacher ! Il ne faut pas cacher, il faut que le monde entier voie, il faut que tout le monde entende, il ne faut pas oublier ! »

Silence

« Je ne me souviens pas de toi. Je ne me souviens ni de ta présence, ni de tes câlins, à peine de ta voix. Maman me racontait que tu me prenais souvent dans tes bras en disant que tu n'aimais rien de plus au monde que moi. Elle racontait cela comme on raconte des légendes d'autrefois. C'était avant qu'elle ne soit débordée par les colis qu'il fallait sans cesse t'envoyer. C'était avant qu'elle ne soit noyée par tes mots. Elle me racontait tout cela pour que je ne t'oublie pas, que je me souvienne de ta voix, que je me souvienne de tes bras. Mais en vérité je ne me souviens de rien. Je ne me souviens pas de toi. Et, depuis un mois, depuis que tu es ici, je n'ai toujours pas compris pourquoi tu es revenu. Je ne sais toujours pas à quoi tu sers. »

Silence

« Le père de Gaby était mineur. Gaby avait toujours peur que le câble de l'ascenseur lâche et que son père meure. Dans l'ascenseur. Alors le jour où il est entré au dispensaire pour se faire soigner de l'anémie, elle était soulagée Gaby. Pour la première fois, elle n'était plus inquiète. Elle n'avait plus peur que le câble pète, et puis elle était fière, parce qu'elle était chargée de s'occuper des canaris. Il l'avait nommée responsable des sauveurs des mineurs. »

Silence

« Après il y a eu les poux, l'éclair, le bruit d'un train qui déraille, le grand silence, les rues qui montent. C'était il y a un an. Je ne suis pas morte, mais Gaby, oui. Son père aussi. Et une bombe pour le dispensaire s'il vous plaît ! Et une autre pour l'école ! » Elle rit. « J'ai vu les corps en bouillie, écrasés sous les bureaux, sous le tableau noir. Avec la date du 26 mai écrite dessus. Lola n'est pas morte. Elle est même venue me souffler un mot magique. Caméléon. Plus tard j'ai compris que c'est comme ça qu'elle avait survécu, durant des années, en faisant le caméléon, en devenant arbre, tabouret, mur, terre, en se fondant dans le décor pour devenir invisible. Caméléon. Pour qu'on ne la voie pas. Depuis des mois, elle a disparu. »

Silence

« C'est monsieur Maigre qui m'a sortie des décombres. Mais celui qui m'a sauvée, tu veux savoir, ce n'est ni le prêtre, ni le petit Jésus, eux aussi ils se sont fait défoncer la gueule. Et une bombe pour l'église Saint-François, s'il vous plaît ! »

Elle se retourne, plante ses yeux dans les siens. Il ne baisse pas le regard.

« Quand je mangeais des pommes de terre, je pensais à toi. »

Silence

« Ce jour-là, les sacs de pommes de terre ont servi à récupérer les bouts de jambes et les bouts de bras. »

Silence

« On m'a menti, tous, vous avez tous menti, toi, le maréchal, le maire, le prêtre, monsieur Bondas, même l'institutrice a menti. Vous nous avez raconté que des bobards. Mais moi je vous croyais. J'obéissais bien sagement. Je priais comme il fallait, j'aidais maman à faire les paquets, je fermais les couvercles de confiture et j'emballais bien hermétiquement ton paquet de tabac. J'ai tout fait comme on m'a dit. Je croyais tout ce qu'on me disait. Jusqu'à ce jour. Ce jour maudit. Celle qui m'a aidée à ne pas mourir écrasée sous les gravats, c'est Lola. Celui qui m'a sortie des décombres, c'est monsieur Maigre. Celle qui m'a aidée à transformer ma peine en force, c'est grand-mère. Mais celui qui m'a redonné le goût de la vie, c'est Chenapan. Avec ses bouteilles de Cointreau et ses vols à l'étalage, j'ai retrouvé l'envie de me lever le matin et d'observer le monde autour de moi. Crever les yeux des grenouilles, ça soulage ma rage. Voler des bonbons à la réglisse, ça pique le bout des doigts, ça fait monter le sang dans la tête. Ça me plaît, tu comprends. Ça me rend à nouveau vivante, ça me sort des décombres. »

Silence

« J'aime traîner dans les rues, chasser les sangsues, brûler les grenouilles et voler dans les épiceries. Mais ce que je préfère, c'est dépouiller l'église et décrocher les petits Jésus. Les calices sont mes trophées, les crucifix mes écussons, mes galons de brigande. Je suis devenue experte en vol sacré ! Regarde, ce calice, je l'ai volé le jour de ma communion. C'est mon préféré. Sans ce calice caché sous ma robe de dentelle, je n'aurais pas pu me retenir de cracher dans le bénitier. Parce que je me fous de Dieu, je n'y crois pas, je n'y crois plus. »

Silence

« Chenapan dit que la seule manière qu'on a de s'marrer un peu dans ce monde de zinzins, c'est d'foutre la zone de partout, qu'il faut voler les riches et les curés, et redistribuer tout ce qu'on peut aux vauriens et aux miteux, que les grandes injustices ne sont pas causées par les voleurs, les chapardeurs, les menteurs, mais par tous ceux qui se taisent. Par tous ceux qui obéissent. Bien sagement. Voilà ce qu'il dit. Et lui au moins il a une voix. Il a un rire. Il est vivant. Il a une chair et une odeur. Et toi, tu as quoi ? Hein, tu es qui ? Réponds-moi. Tu es qui ? »

Silence

« Moi je suis une vaurienne, une voleuse. La gentille petite fille que tu as connue est morte sous les décombres. Celle qui a survécu ne fait plus que désobéir. Et, si ça ne te plaît pas, eh ben je m'en fous. Parce que moi, je suis vivante. Bien vivante. Alors tu peux me gronder, me punir, je m'en fous. Tu peux me gifler, me frapper, je m'en fous ! Mais ne touche pas à mes affaires, ne viens pas dans ma chambre et réveille-toi ! »

Elle sort de la pièce. Claque la porte.

Le sablier tombe.

C'est comme si on le sortait d'un mauvais rêve.

Plus tard, dans le lit conjugal, quand Suzanne se plaignit du comportement des enfants, Marcel répondit « Ce ne sont pas les enfants qui sont terribles, c'est l'époque ».

Et pour la première fois depuis son retour, il se sentit un tout petit peu à sa place.

Il regarda Suzanne et caressa sa joue et son cou aussi. Très tendrement.

Les grains s'écoulent à nouveau.

Ce jour-là, une dame arrive au quartier général. Elle demande à Chenapan si elle peut lui acheter des cigarettes à bas prix. Chenapan acquiesce et entre dans son cagibi. Sous le siège de son bureau – comme il aime à l'appeler – se trouve tout son stock de clopes « faites maison », des cigarettes qu'il roule lui-même dans du papier fin et qu'il remplit des restes de tabac récupérés sur le chemin. En échange du paquet qu'il lui tend, il réclame deux billets. La dame le paie aussitôt. Puis elle s'assied sur le muret d'en face, allume une cigarette et dit « T'en veux une ? ». Ça le surprend. Alors il refuse. Évidemment. La dame aspire trois grandes bouffées avant de demander « Combien tu te fais par semaine ? ». Chenapan se raidit. Il n'aime pas trop qu'on le questionne. Alors il reste vague et répond qu'en général, il amasse quinze ou vingt billets la semaine, que ça dépend de la météo et des événements. La dame lâche un nuage de fumée dans les airs avant de dire : « J'ai un marché à te proposer. Une mission, qui te rapportera quarante billets. » Le garçon fourre ses mains dans ses poches, prêt à écouter.

« J'ai besoin de quelqu'un pour accompagner deux personnes dans le sud de la France. Ils sont assez jeunes et ne peuvent pas voyager tout seuls. Et moi je ne suis pas disponible pour faire le trajet avec eux. » Elle tire une longue taffe. « Donc, voilà le marché que je te propose : je te paie l'équivalent d'une semaine de travail, et tu les accompagnes là-bas. »

Chenapan hésite.

« Et c'est qui ces gens ?

— C'est un gamin petit comme un brochet et une grande perche qui chante comme une loutre. » Chenapan ne comprend pas. « C'est mon neveu et ma nièce, Jojo et Veevie. Je suis leur tante, Ninon. »

Chenapan comprend mieux ce qui a amené cette drôle de dame ici.

Ninon aspire une grande bouffée et regarde maintenant Chenapan droit dans les yeux.

« Écoute. Il faut qu'ils mettent des pépites sous leurs pas et de nouvelles histoires dans leurs caboches. Tu comprends ça, non ? Et puis leurs parents, je te passe les détails, mais en gros faut qu'ils se retrouvent tous les deux, des trucs d'adultes à rafistoler. Donc j'ai appelé mes amis du Sud. Ils sont d'accord pour les accueillir tout l'été. Je connais cet endroit. Je sais qu'ils y seront bien. Mais il faut quelqu'un pour les accompagner. » Ninon écrase sa clope sur le muret de pierre et jette le mégot un peu plus loin dans la rue. « Je voudrais que tu fasses le trajet avec eux et que tu restes avec là-bas une semaine. Ensuite, tu seras libre de faire ce qui te plaît : soit rester dans cette maison avec Veevie et Jojo, soit revenir. C'est toi qui décideras. Le voyage se fera en train. »

Au mot train, les yeux de Chenapan se mettent à briller. Il n'a jamais voyagé à bord de la machine de fer. Il a parfois squatté les wagons abandonnés, mais jamais il n'a roulé à bord de l'incroyable engin. Il se garde de montrer son enthousiasme et répond simplement :

« M'dame Ninon, j'suis désolé mais quarante billets pour c'travail, c'est que dalle. En plus, faut que j'achète une valise et j'ai des souliers à ressem'ler. »

Ninon répond :

« Je vois. Bien. Et si je rajoute dix billets pour les frais professionnels, qu'en penses-tu ?

— Trente !

— Vingt.

— Marché conclu. »

Ninon se lève, sort de son sac vingt billets et dit : « Voilà donc l'avance pour les frais professionnels. »

Chenapan fourre les billets dans sa poche, tend sa main vers Ninon et dit : « Vous pouvez compter sur moi, dame Ninon. »

Aussitôt que Ninon disparaît au coin de la rue, Chenapan file à la brocante. Au milieu d'un fatras de vêtements et d'accessoires en tout genre, il dégote une petite valise marron, en cuir. Ce sera son bagage. Son bagage à lui. Rien qu'à lui. Une besace aurait suffi pour y fourrer le peu d'affaires qu'il emmènera – un couteau, un peigne, du savon, deux timbres – mais une valise, c'est tellement plus chic. Juste avant de sortir de la boutique, il chaparde un petit morceau de parachute en pensant qu'il suffit parfois de trois fois rien – une toile fine, deux crochets, quatre ficelles – pour voler au-dessus des montagnes et atterrir en douceur sur les épaules de la terre.

En remontant la rue de la Sablière il dresse dans sa tête l'inventaire des affaires qu'il a amassées dans son petit cagibi : trente-trois paquets de cigarettes, quatorze boîtes de conserve de saumon, trois crochets à peaux de lapin, deux caisses en bois, une paire de vieux sabots de bois, un panier d'osier pour les escargots et les limaces, un tas de vieux journaux, une pèlerine, une paillasse, son livret de comptes et la dernière bouteille de Cointreau. En arrivant au sommet de la colline, il prend la décision de confier sa planque à son ami Pic-Pic durant une semaine, le temps de faire le voyage vers le sud avant de revenir à ses affaires.

VII

C'est l'été des vacances et des colonies, l'été où l'on peut enfin traverser le pays sans autre souci que celui de fêter la fin d'une ère. Sur le quai de la gare on voit Suzanne et Marcel, enlacés, qui font de petits signes timides et émus en direction du train. Dame Ninon agite ses bras et crie « Ne soyez pas trop sages les enfants ». Le sifflet crisse. Les « au revoir » claquent de toutes parts. Les signes de bras se multiplient. La fumée envahit le quai. Le wagon, doucement, se met en branle. Veevie envoie un dernier baiser en direction de sa famille puis prend place sur les banquettes de bois. Jojo grimpe sur ses genoux face à la vitre et dit « C'est parti ! ». Les murs, les plafonds, les sièges se mettent à trembler, comme impatients et heureux de prendre la route. Jojo colle son front contre la vitre du wagon. Et le paysage se met à défiler. Les immeubles, les rues, les maisonnettes, les éboulis, les crassiers, les poteaux, les ponts, les tunnels s'enchaînent les uns derrière les autres à un rythme de plus en plus impressionnant. Les branlements de la machine les emportent. Veevie dit « À la vitesse où on va, on croirait qu'on va changer d'époque ». Et ça dessine en eux comme une nouvelle musique, comme un morceau de swing échappé d'un poste radio. C'est comme un nouveau tempo, comme un bal clandestin, comme un match de foot qui finit aux tirs au but, c'est comme un paquet de chewing-gums, c'est plus enivrant que le Cointreau, plus savoureux qu'une omelette aux champignons parce que ça porte une nouvelle couleur, c'est comme une nouvelle fleur, un nouveau fruit, comme un cerisier au milieu d'une friche, c'est comme un quartier rempli de maisons avec des fenêtres et des portes grandes ouvertes, c'est comme une caisse entière de poires bien mûres offertes à tous les passants, ça creuse comme une nouvelle rivière, ça trace comme un nouveau destin.

Et, tandis que le train s'éloigne, que la ville rapetisse, que le vacarme des roues et les sifflets du train croissent et crissent, Chenapan se rend compte que, pour la première fois de sa vie, il s'éloigne d'elle. Et, alors qu'il croyait la détester, avec ses maréchaussées, avec son odeur de cendres froides, avec sa gueule de gamine brûlée, avec ses fossés, ses murs crasseux, avec ses allées qui puent la pisse et sa gueule d'ivrogne, avec ses cimetières qui débordent, avec son dos cassé, ses coups de crosse, avec ses cris de désespérée et ses côtes de rescapée, tout à coup, il se met à l'aimer. Il se met à l'aimer cette grande maudite, cette satanée ville qu'il quitte. Il regarde ses deux amis et dit « C'est la première fois que je pars ». Veevie répond « Alors dis-lui au revoir, à la Grande Noire ! ». Chenapan monte sur la banquette, passe la tête à travers la fenêtre et crie « La Grande Noiiiiire, je t'aiiiiiiiime !!! » et, dans le fracas des rails et des roues, on croirait entendre la ville répondre en écho « P'tit bâtaaaaaard, on t'aiiiiiiiiime ».

Il ramène sa tête à l'intérieur du wagon, descend de la banquette de bois et reprend place près de sa petite valise marron. Veevie et Jojo le regardent, étonnés. Puis éclatent de rire. Un grand fou rire. Ça le fait rougir un peu.

Maintenant Jojo est endormi dans les bras de sa sœur. Avec l'enfant collé contre elle, la petite valise bleue à ses pieds, les cheveux tressés et ramenés sur le sommet du crâne, Veevie ressemble à une vraie petite femme. Un vrai petit bout de dame.

La ville est maintenant loin derrière eux. Depuis qu'elle a disparu de leur vue, elle semble ne plus appartenir au présent. Ne plus exister. C'est cela que Veevie pense, en silence.

En regardant son amie et Jojo installés face à lui, Chenapan a la sensation – c'est étrange et précis comme sensation – de faire partie de leur fratrie. De partir en voyage avec une sœur, avec un petit frère. Peut-être qu'au fond c'est ça une famille. Une ville en commun, un voyage à faire.

En descendant du train, Chenapan se tourne vers ses amis et dit « À partir d'aujourd'hui, j'change de nom.

— Ah oui ? Et comment qu'on t'appelle alors ? demande Jojo.

— Appelez-moi Chnap, Mister Chnap. »

Veevie et Jojo répondent en chœur « Très bien Mister Chnap ! », et les trois enfants descendent du train en riant.

Un jeune homme les attend devant la gare. Il porte un béret et un pantalon de toile. Il se nomme Tato. C'est lui qui est chargé de les conduire au château Mistral. « Bienvenue au pays des cigales ! » lance-t-il.

Tous montent à bord de la camionnette.

Sous la tonnelle un groupe d'enfants est réuni.

« Moi j'pouvais pas compter, c'était un trop gros chiffre pour moi mais Tato il a dit qu'y en avait cinquante et moi je le crois parce qu'il ment pas Tato, il dit pas des carabistouilles comme Rossé, non, lui il dit la vérité donc il a dit cinquante donc moi je le crois et donc les cinquante doryphores ils étaient dans la boîte et la boîte elle était pleine, pleine, pleine, et ça grouillait et Tato il a pris un bidon, un gros bidon rouge, et il a versé dessus et c'était de l'essence et donc après euh... il a pris une allumette et il l'a allumée et il l'a jetée sur la boîte et d'un coup, vlam ça a pris feu, une grosse flamme et après ça a rétréci et là on voyait les doryphores qui brûlaient et c'était vraiment dégueulasse mais bon on était obligés de les tuer, sinon pas de patates. »

Jojo hésite et puis se lance. Il dit :

« Les patates ça peut te faire tomber dans les pommes.

— N'importe quoi.

— Ben si c'est vrai ! Si tu t'mets sous un gros tas d'épluchures de patates, tu peux tomber dans les pommes.

— N'importe quoi !

— Ben si c'est vrai, c'est ma mère qui m'l'a dit.

— Elle dit n'importe quoi ta mère.

— Non elle dit pas n'importe quoi. C'est une histoire qui est arrivée pour de vrai.

— Ah bon ? Alors vas-y, raconte.

— Eh ben c'est un prisonnier qui est dans sa prison et dans c'te prison il doit tout le temps éplucher des patates. Donc il épluche, il épluche, il épluche, il en épluche tellement que ça fait comme un crassier, vous voyez ? Vous voyez pas ? Ben un crassier, c'est une graaaande montagne de charbon, une colline toute noire eh ben quand il épluche les patates, ça fait comme un crassier, mais en jaune, couleur patate quoi, et chaque jour il épluche et chaque soir il doit emmener la montagne d'épluchures dehors, en dehors de la prison. Et donc y a des gardiens qui l'accompagnent pour aller vider la montagne d'épluchures, parce que c'est une prison tu vois, tu sors pas comme tu veux, y a des barbelés, des miradors, des fusils et tout. Donc chaque soir il pousse la carriole pleine d'épluchures. Et un jour y a un copain à lui qui veut s'échapper, il s'appelle Prost son copain, et il dit J'ai une idée, j'vais me cacher dans ta carriole, sous le tas d'épluchures de patates et quand c'est qu'on est à l'extérieur, que les gardiens ils tournent le dos, tu tapes trois coups avec la fourche sur la carriole et hop, je sors du tas d'épluchures et je m'évade. Ni vu ni connu. Et donc le prisonnier qui épluche les patates y dit d'accord. Et donc le lendemain il épluche les patates, il épluche les patates, et quand le tas d'épluchures il est gros comme un crassier tout jaune, eh ben il dit à son copain Vas-y c'est bon, grimpe et donc Prost il monte dans la carriole et l'autre il lui met toutes les épluchures d'ssus. Et après il pousse la carriole il pousse il pousse il pousse la carriole et il fait comme si c'est pas lourd alors que c'est lourd tu vois. Et donc il arrive vers le portail de la prison et donc les gardiens ils ouvrent le portail et ils vont avec lui dans la forêt. Et donc, ils sont dehors et quand les gardiens ils regardent ailleurs eh ben le prisonnier il fait toc toc toc, il tape trois coups sur la carriole. Mais là, rien, Prost y bouge pas. Alors l'autre il toque encore trois coups, toc toc toc, toujours rien. Alors il toque encore trois coups sur la carriole, mais Prost il sort pas. Et tu sais pourquoi qu'il est pas sorti ? Parce que Prost il était asphyxié à cause des gaz. Des gaz des épluchures de patates.

— À cause des gaz des épluchures ?

— Ben oui. »

Nouf-Nouf demande

« Et Prost, il a eu une punition ? »

Jojo répond que ça, il ne le sait pas. La seule chose qu'il sait, c'est qu'ensuite tous les prisonniers ont été punis, qu'ils devaient éteindre les lumières à 9 heures au lieu de 10 h 30 et qu'ils devaient faire l'appel trois fois au lieu de deux. Et il finit en disant :

« C'est pour ça qu'on dit tomber dans les pommes. C'est à cause des pommes de terre ! »

Cascade de rires. Ça y est, Jojo s'est fait toute une bande d'amis.

En face du château Mistral se trouve une grande verrière. C'est là que Veevie passe tout son temps, fourrée au milieu des crayons, des encres, des papiers, des cartons, toujours près du nardigraphe, jamais loin des rouleaux pour imprimer. Durant d'interminables heures, elle fait rimer des phrases entre elles avant de les imprimer avec la casse et les lettres de plomb. Bien que chaque poème soit toujours signé de deux mains – c'est la règle ici, on signe toujours du nom de deux personnes –, Chnap reconnaît la façon qu'a son amie de faire bondir les mots. C'est elle qui compose les plus beaux sonnets. Chnap le sait. Depuis une semaine, Veevie travaille également à la conception du *Journal des enfants*.

Chnap aime lui aussi passer du temps dans ce petit laboratoire aux murs de verre et grande lumière. Ce qu'il découvre ici, c'est la peinture. Chaque jour, il peint avec des gestes vifs et puissants. Il jette les couleurs sur le papier dans une grande frénésie. En quelques coups de pinceau, c'est tout un univers qui prend vie. Parfois, il voudrait faire sortir sa peinture de la feuille, sortir du cadre, peindre sur les murs, sur les chaises, sur les plafonds.

Un soir, au moment du dîner, Veevie explique qu'elle a réalisé un cliché négatif, qu'ensuite il suffira de le passer sous les rouleaux pour imprimer les premiers exemplaires de leur *Journal des enfants*. Jojo engloutit la soupe de lard et pommes de terre. Chnap, lui, n'a pas encore touché à son assiette. Il fait des ronds avec sa cuillère dans le potage clair. Il hésite et puis dit : « J'ai un truc à vous dire. » Veevie et Jojo lèvent les yeux. Alors il raconte. C'est pas facile de raconter. Mais peu à peu il trouve les mots. Alors il raconte. Tout. Il raconte que depuis qu'il est ici, dans cette grande maison remplie d'enfants, il se sent bien, rien ne lui manque, même pas la Grande Noire. Mais qu'il y a une chose qui ne le quitte pas et dont il n'arrive pas à se débarrasser :

« C'est mon envie de voler. J'ai tout le temps envie de voler ! Ça me démange, c'est plus fort que moi. Je sais que c'est stupide de faire ça ici, que je n'en ai pas besoin. Mais ça me rattrape. Dès que j'vois un truc j'ai envie de le chourav. À force d'avoir épié les camions de marchandises dans la rue de la Montat, volé les cageots de fruits, scruté le sol et les rigoles à la recherche de mégots, y a tout mon corps, mes yeux, mes mains et même mon cerveau qui continuent de chercher un truc à chaparder. J'ai beau dormir sur un matelas avec sommier et tout, t'as senti les draps Jojo ? Sérieux, ça sent la lavande non ? Eh ben malgré tout, j'peux pas m'empêcher de zieuter un truc à chaparder. Et tout à l'heure, sur l'étal du vendeur de fruits et légumes, qu'est-ce que je vois ? une jolie p'tite barquette de fraises. J'ai pensé à toi Veevie et puis à toi Jojo, j'me suis dit j'vais leur faire une surprise. Donc j'ai fait semblant de regarder le prix, et hop, sous la chemise. Et j'ai continué ma route en sifflotant. »

Veevie et Jojo écoutent. Faut dire que Mister Chnap se confie si rarement que lorsqu'il ouvre la bouche on est accroché à sa parole.

« Et deux rues plus loin, bam, sur qui j'tombe ? Guitte ! Elle me dit Suis-moi. Là j'ai compris qu'elle m'avait chopé. Elle m'a fait reposer la barquette de fraises sur l'étal de l'épicier. Ah, je faisais pas le malin. Franchement, j'me suis senti ridicule. Et ma belle chemise en coton toute tachée à cause des fraises qu'en plus j'avais même goûtées. Quand on a passé les grilles du château c'est comme si mes sandales, d'un coup, elles étaient devenues trop grandes pour moi. La honte. »

Depuis le début de leur séjour au Mistral, Veevie n'a cessé de dire à Chnap qu'ici, il n'y a pas besoin de voler, qu'ils sont tous dans le même bateau, tous dans la même galère et qu'il faut être solidaire.

« Arrête de faire la tête Veevie, je sais que j'ai fait une connerie. »

Veevie ne répond pas.

« Et ensuite ? demande Jojo.

— Ensuite Guitte m'a emmené voir Henriette. Elle était assise derrière un grand bureau de bois, avec des piles de papiers tout autour d'elle. Ça change de quand elle nous raconte des blagues. Là, elle avait l'air très sérieuse. Elle m'a demandé de m'asseoir dans un fauteuil de cuir très chic avec des accoudoirs en bois et tout. Alors je me suis assis. Mais je savais pas comment me tenir. Ni dans le siège, ni dans mon corps. Encore moins dans mes mots.

— Et ensuite, elle t'a grondé ?

— Ben c'est ce que je croyais. Je m'attendais à ce qu'elle me sermonne et me foute à la porte mais pas du tout. Elle m'a dit Est-ce que tu connais les chiffres ? J'me suis dit c'est quoi c't'entourloupe. Alors j'ai répondu Oui, un peu, parce que je me méfiais. Mais après elle a dit J'ai besoin d'un nouveau magasinier. Alors j'ai dit Ah, madame, si vous cherchez quelqu'un qui sait compter, vous pouvez compter sur moi ! »

Il rit de ce jeu de mots facile. Et Jojo applaudit.

« Et ensuite ?

— Ben après je lui ai dit Le seul problème, madame Henriette, c'est que pour les chiffres y a pas de souci, mais pour les lettres, c'est plus compliqué. »

À ce moment-là Veevie tourne la tête vers Chenapan. Elle le revoit qui se plantait sous les fenêtres de la classe, quand l'école était encore debout. Elle le revoit récoltant les feuillets échappés des cartables ou volant les journaux. Pourquoi ne s'est-elle rendu compte de rien ? Veevie se sent elle-même analphabète de n'avoir pas remarqué que son ami ne savait pas lire. Chnap continue.

« Elle a dit T'auras qu'à faire des dessins en attendant de savoir lire. Puis elle m'a tendu une grosse clef. Regarde. » Et il sort de la poche de son short une magnifique clef en fer et dit « À partir de maintenant, c'est moi qui m'occupe des commandes et des provisions ».

Jojo lève sa cuillère à soupe au centre de la table et crie :

« Louya ! »

Veevie et Chnap se regardent un instant. Ils se sourient comme ils ne l'avaient jamais fait auparavant. Puis ils lèvent haut leur cuillère et, en faisant claquer leurs couverts l'un contre l'autre, crient à l'unisson :

« Louya ! »

Tout le réfectoire les regarde maintenant. Personne ne sait ce que le trio est en train de fêter, mais tous les imitent et crient en chœur :

« Louya ! »

Ça fait un joli raffut. C'est doux le raffut de la joie. Si doux qu'on pourrait croire que ça peut tout rafistoler.

Souvent, le soir, au Mistral, des gens viennent, jouent un morceau de musique – une fois du violoncelle, une autre fois de l'accordéon et de la flûte –, racontent un événement ou font une conférence. Ce soir-là, un homme grand et robuste tient à raconter quelque chose aux enfants. Il parle fort. Son accent est plein de cimes. Il commence par décrire une montagne qui trempe ses pieds dans la mer et qui se nomme Aïou-Dag. Sur le flanc de cette montagne, une forêt de cyprès, de séquoias, de pins. Au cœur de cette forêt, un chêne centenaire avec un tronc très creux sur lequel sont gravés toutes sortes de messages. Plus loin, un parc de buissons taillés en forme d'animaux puis un escalier sculpté dans la pierre pour descendre jusqu'au bord de la mer. Dans cette mer immense, des sources d'eau chaude jaillissent, une eau miraculeuse dit-on. Et là, entre la plage et les récifs, une ville est née.

« Une ville qui a quelque chose de très particulier : elle est habitée seulement par des enfants. Ce sont les enfants qui décident de tout. Ils choisissent les règles de vie et se répartissent les tâches. Au début, ce n'étaient que des tentes de toiles assemblées sous les pins et les cyprès, mais aujourd'hui c'est une multitude de cabanes et de baraques de bois installées entre les lauriers et les magnolias. Les enfants ont tout construit et organisent tout. Ils élisent un maire et des conseillers municipaux. Ils ont même créé un tribunal. Je l'ai vue, vue de mes propres yeux. C'est une république d'enfants. Elle s'appelle Torchok. »

D'abord c'est un silence rempli d'imaginaire qui suit la description de Torchok. Puis Croc-Dur s'empare de la guitare, et Veevie se met à chanter. Elle improvise un chant étrange, fait de petits cris, des notes très graves qui bondissent jusqu'aux aiguës en glissando soyeux. C'est beau comme une cascade pense Jojo en s'endormant sur l'épais tapis du salon, on dirait qu'elle chante l'histoire que l'homme vient de raconter.

Chnap est enroulé dans le moelleux du canapé. Il fait rouler ce nouveau mot sur sa langue. *Torchok.* Il le malaxe à l'intérieur de lui-même, plusieurs fois, comme un chewing-gum. *Torchok.* Lui qui d'ordinaire n'aime ni les vœux ni les espoirs, voilà qu'il se met à rêver. Le voilà en train d'imaginer qu'eux tous, ces enfants de misère – enfants de réfugiés, d'exilés, de prostituées, de disparus, de résistants, de poursuivis, de prisonniers, d'inculpés –, créent une république d'enfants à leur façon. Ils regardent Fil de Fer, Croc-Dur, Dédée, Jean, Marie, Nouf-Nouf, Tato, Jojo, Veevie et il rêve qu'ils trouvent un lieu pour y construire leur Torchok. Et faire comme Dédée : cesser d'appeler Fernand et Henriette par leur prénom, et dire tout simplement papa et maman.

Durant un mois entier, les enfants ont arpenté chaque sentier qui passe près du château, grimpé les flancs déchiquetés des Alpilles. Ils ont couru jusqu'aux roches antiques, crapahuté dans les vestiges, joué entre les vignes et les restanques. Mais, depuis trois jours, ils marchent en direction du sud. Le paysage se dépouille à vue d'œil. Les arbres rapetissent jusqu'à devenir de minuscules arbustes épineux. Encore quelques pas. Et ils la verront. Elle sera là, devant eux. Ils longent les étangs de sel, traversent les marais. Jojo dit « Ça sent comme chez la poissonnière ». Veevie rit. Plus tard, Jojo réclame de monter sur les épaules de Chnap. Chnap accepte. Ni la chaleur écrasante ni le poids du garçon ne semblent l'impressionner. Encore quelques pas, et elle sera là, devant eux. Ils marchent sur la terre, peau pelée et flétrie, asséchée par le vent. La croûte de sel craquelle sous leurs pieds. Le soleil est délicieusement rude. Et voilà la dune. Le sable roule sous leurs pieds. Plus que quelques pas. Et ils la verront. Elle sera là, devant eux. Jojo dit « Allez Mister Chnap ! Encore un peu ! Hue ! ». Veevie rit. Elle le revoit perché sur le dos de la brave Laïka. Et puis soudain, elle est là. Et puis soudain, il y a la mer.

« C'est comme un champ de blé, dit Jojo, mais en tellement plus beau. »

Le garçonnet descend des épaules de Chnap, court, s'étale sur le sable, se relève, tousse un peu et continue sa course. Veevie écarte grand les bras.

Et puis soudain il y a le phare, des pêcheurs, une sole, le ressac des vagues.

Quand Ninon avait dit qu'elle connaissait un endroit où les enfants pourraient s'amuser tout l'été, Jojo avait dit qu'il ne voulait pas y aller. Veevie l'avait rassuré « T'inquiète, on va bien s'amuser ! On prendra le train, regarde, ça fera comme ça » et elle l'avait installé sur ses genoux pour le faire sauter dans tous les sens. Il s'était tordu de rire.

Et puis soudain il y a la mer, pour la première fois, la pêche aux coquillages, les crabes nouveau-nés, les roulades dans les vagues, le grand tunnel de sable, leurs mains qui se rejoignent. Chnap et Veevie enfouissent les jambes de Jojo sous le sable.

Il rit. Il tousse. À peine. Quand il se relève, il est tout plein de grains, collés à la peau.

Quand leur mère avait posé une valise bleue au centre de la chambre, qu'elle avait dit « Mettez-y ce que vous voulez », Jojo avait pris un gros carton et une ficelle et dit « C'est pour envoyer des colis de sable et de coquillages ». Sa mère avait ri. Plus tard il s'était assis sur la valise, Veevie avait clipsé les fermoirs d'acier.

Et puis soudain il y a la mer, pour la seconde journée, des tentes de couleurs claires plantées dans le sable, des lits de camp, la préparation des repas, l'épluchage, la découpe des légumes, les gamelles de fer, les grandes bassines, les mouettes qui dévorent les restes, la chasse aux moustiques, la veillée en musique, les milliards d'étoiles, le baiser sur la joue, « Bonne nuit Coquinou ».

Quand leur père avait dit « Vous allez bien vous amuser, et à votre retour je serai en pleine forme pour vous porter bien souvent dans mes bras. J'aurai si bien grossi que vous pourrez rebondir sur mon ventre comme sur un ballon », Jojo avait ri et, avant de partir, avait accepté, pour la première fois, d'embrasser son papa. Sur le quai de la gare, sa mère avait donné à son marmot un petit tricot en forme de lapin en disant « C'est un compagnon de voyage. Dès que tu es triste, tu le caresses, et il te rassurera. Soyez sages mes enfants chéris ».

Et puis soudain il y a la mer, pour la troisième fois, la lune en plein jour, le vent qui emporte le chapeau de paille de Croc-Dur, le chapeau qui vole, qui roule, Jojo qui court après, qui le poursuit, le chapeau qui file loin loin loin, l'enfant qui court, s'arrête pour tousser, reprend sa course, chevauche les collines de sable et réapparaît quelques dunes plus loin, le chapeau dans sa main levée. Il ne peut pas crier « Ça y est, je l'ai rattrapé ! », il est trop occupé à tousser.

Veevie plonge dans l'eau, pour mieux sentir le froid qui la saisit.

Quand le train avait démarré, Jojo avait applaudi. Quand le paysage s'était mis à défiler, il avait dit Magie.

Et puis soudain il y a la mer.

Étoile de mer sur l'eau, se laisse porter par les vagues.

Au cours de la troisième nuit, Jojo ne s'est pas endormi. La toux n'a pas cessé.

« Il faut l'emmener, a dit Croc-Dur, il faut l'emmener là où vont tous les enfants malades. »

Et puis soudain il y a la mer
étoile de mer
étoile de ciel
étoile de sable
D'ici on pourrait croire à l'éternité

Et puis soudain il y a la mer

Et puis soudain il n'y a plus de mer
il n'y a plus d'étoile
plus de ciel plus de rire plus de vague
il n'y a plus que Veevie recroquevillée sur le sable
comme un grain de charbon
de craie
de verre
brisé

Dans ses mains potelées, des plantes aromatiques. Symbole d'éternité. Sur son front, la couronne de mariage de sa mère. Tout autour du petit corps de marbre, des roses rouges et des lys blancs. C'est un prince fleuri et fané dans le même temps. Il est si beau que Veevie aurait voulu l'embaumer.

Au moment de la veillée, quand tous étaient réunis, le père prit une photo. Première et dernière image qu'il fit de lui.

Les cloches retentissent. Pas de glas lugubre pour un enfant, mais des cloches joyeuses, des chants d'actions de grâces. Ce n'est pas une messe de funérailles. C'est une fête pour les anges. Alors Veevie chante pour son frère, mais aussi pour Gaby, pour Lola, pour la Grande Noire. Elle sert dans sa main le morceau de parachute que Chnap lui a offert.

Au fond de l'église, la Vieille marmonne « Hé mon gros, t'as pas une idée pour la petite ? Vas-y, balance un truc, quelque chose pour pas qu'elle s'endurcisse trop vite. Et après, promis, j'arrive pour te réchauffer ».

Ninon se demande ce qu'il faudra mettre en place pour que la diphtérie cesse d'emporter tant de gamins.

Suzanne ne sent plus rien. Ses yeux sont si gonflés par les larmes qu'elle a du mal à les garder ouverts.

Plus tard, le petit cercueil de bois glisse sous terre.

Plus tard encore, alors qu'ils sont de retour à la maison, Marcel s'approche de sa fille et dit « Je suis sûr que tu as été une grande sœur merveilleuse ». Il y a un silence pendant lequel tous deux retiennent leurs larmes, discrètement. Marcel inspire profondément et dit « À partir de ce jour, c'est toi qui détiens son histoire. J'aimerais qu'un jour tu me la racontes. En attendant, je me contenterai de prendre la place que tu m'offriras ». Il regrette aussitôt sa dernière phrase. Il la trouve stupide et ridicule. Ce n'est pas exactement cela qu'il voulait dire. Réapprendre à parler c'est difficile.

Silence.

Il faut du silence pour faire la paix. Il faut du temps pour se réconcilier.

Suzanne lit l'avis de décès dans le journal. Elle est comme coincée devant le nom de son enfant imprimé dans le quotidien. Elle devrait mettre ce bout de journal dans le livre de raison, là où cinq ans auparavant elle écrivait : *Georges est né le 25 septembre 1940, un mercredi à 3 h 45 du matin chez sa bonne-maman, pèse 2,500 kg, deux fois moins qu'un colis réglementaire. Il n'a pas eu un regard de son papa, aussi faudra-t-il que je le dorlote bien et que je l'aime pour deux.*

Elle n'a pas le courage d'ouvrir ce livre, pas la force de glisser la coupure entre la reliure et les feuillets du carnet. Elle pose le journal et, dans un mouvement presque dansé, rapide et décidé, elle file dans la chambre et revient dans le salon en tenant, dans ses mains, des ciseaux et une boîte en fer-blanc. Elle découpe le bout de journal, le glisse au hasard entre les lettres, prend le sablier, le met dans le fond de la boîte et monte au grenier. Elle pose la boîte qui contient toutes les lettres sur une armoire. Elle ne les classe pas, ne les recouvre pas d'un couvercle, elle les laisse ainsi, dans cette simple boîte en fer-blanc.

Elles y resteront le temps de deux générations.

Dans le salon, le père et la fille. Ils se regardent.

Et, pour la première fois depuis si longtemps, Veevie s'avance vers son père.

Il ouvre sa main.
Sa main immense.
Elle s'y coule comme dans un nouveau continent.

Cher Chnap,

Dans mes os, la douleur a tambouriné à grands coups de poing. Encore une fois. J'ai cru que je ne survivrais pas à la mort de Jojo. Mais le temps passe et je suis toujours là. Vivante. Hier, sous ma main, à travers la peau tendue de ma mère, j'ai senti la vie s'ébrouer, donner de petits coups. Quelqu'un pousse dans son ventre, quelqu'un qui bientôt réclamera de dévorer le monde avec ses yeux et sa bouche et ses os et sa peau, voudra ramper puis s'asseoir puis se lever puis marcher. On l'entendra pleurer. Et rire. Ça fera une nouvelle musique.

Saurai-je l'aimer ?

Sous ma main il y a des notes. Taillées dans l'ivoire. Des blanches et des noires. Un piano. Un piano a pris place dans la maison. Qui taille dans l'absence des coquilles légères, quelques soupirs. Une bête tranquille qui ne réclame jamais rien, et qui soudain, sous la caresse ou la frappe de mes mains, se met à mugir à rugir à gronder à danser. Cette bête énorme passe du silence à la danse en un frôlement de doigts. Sous mes doigts.

Saurai-je la dompter ?

Sous mes doigts il y a maintenant des sons qu'il me faut apprendre à tisser. Je ne suis pas sourde, je ne suis pas muette alors j'y plonge tout entière dans cette bête d'ivoire que grand-mère m'a offerte. Je la chiffonne, je la froisse, je la frôle, je la supplie de me recouvrir, de m'anéantir, d'accueillir tout de moi. Comme je le faisais avec la terre, je m'y offre tout entière. Mon père écoute la musique que font des gouffres qui se remplissent.

Est-il possible de mourir et renaître dans une même vie ?

Un jour tu m'as tendu une grenouille pour que je lui perce les yeux, pleine de colère. Le sang a jailli. Comme une saignée salvatrice. Ça a calmé l'hémorragie. Sur le dos du piano j'ai posé ton dessin. C'est une porte ouverte devant mes yeux. J'aime le rouge que tu as choisi. J'aime t'imaginer sculptant à la gouge. Aux bras de tes dessins j'arrime ma musique. Elle voyage à dos de mistral pour te parvenir.

L'entends-tu ?

Dans ma paume je chaparde. Pour ne pas perdre la main comme tu le répétais. Souvent me manque ta voix. Parfois me manquent l'époque, les chasses au butin, les festins en conserve et les gorgées de Cointreau.

Et je joue du piano et je revois Jojo. Jojo n'est pas un ange, il n'est pas dans le ciel et ne porte pas de petites ailes. Il est là dans chaque instant que je vis, dans les saisons qui passent, les arbres qui se dénudent, la neige qui tombe et qui fondra. Alors je pleure de délice et d'effroi. Parce qu'à nouveau, je crois. Je crois. Je crois que tout est possible :

Une maison pour faire Torchok, sans chronomètre pour limiter le temps des douches, ni fosse septique qui déborde, mais avec des rivières puissantes, des amitiés solides et du bois pour la cheminée ; avec des plafonds entiers, des murs, des sols que tu repeindras à grands coups de couleurs.

Peut-on survivre sans imaginer qu'un autre monde est possible ?

En même temps que tu apprends à lire les mots, j'apprends à lire les sons. Chaque note possède son propre dessin. Et les pleins et les déliés définissent leur longueur. Une simple liaison suffit à changer leur durée. Les liens redéfinissent leurs desseins.

Crois-tu qu'il soit possible qu'en mêlant ta peinture et mon chant, nous puissions inventer un nouveau siècle ?

C'est ridicule et pourtant il n'y a que cela qui puisse nous faire renaître.

Sous mes empreintes, il y a l'avenir. Que je voudrais vivace et indocile.

Suis-je encore trop naïve ?

Prends toutes les rues qui montent

Hier la Grande Noire a remporté quatre buts à zéro face à la Cité des Gones. La ville a rugi d'une joie débile et pourtant bien palpable.

Ça t'aurait plu.

Embrasse tout le monde de ma part.

Veevie.

Épilogue

Au printemps suivant, un garçon naquit. On lui donna le prénom de l'enfant décédé pour le placer sous sa protection.

Le jour où Veevie devint mère, son père mourut. Suzanne se tourna vers sa fille et dit « Ne me laisse pas tomber ».

Plus tard elle confia la boîte en fer-blanc à Veevie.

Et les lettres passèrent de grenier en grenier, comme des milliards d'autres dans tout le pays.

Jusqu'à me parvenir. Un soir d'été.

Je finis cette histoire à l'heure de minuit.

Le chevalement est devant moi. Les boulets n'en sortent plus.

L'école a été entièrement reconstruite. Chaque matin, on entend le rire des enfants.

La Grande Noire ne dort pas. Comme moi.

J'allume la radio.

Aujourd'hui, un avion largue des bombes sur une ville. Et l'histoire se répète.

Quelqu'un se met à écrire.

Note de l'autrice

Du 25 au 27 mai 1944, la 15th Air Force américaine procède au Transportation Plan, une série de raids aériens visant 14 gares et centres de triage localisés à Lyon, Givors, Ambérieu, Chambéry, Grenoble, Avignon, Nîmes, Marseille, Carnoules et Saint-Étienne. 1 393 bombardiers y participent et déversent 3 400 tonnes de bombes.

Le 26 mai 1944 un déluge de bombes s'abat sur la ville de Saint-Étienne. La gare de triage est détruite, mais les dommages s'étendent bien au-delà. Plusieurs quartiers sont sérieusement atteints : Monthieu, le Jardin des Plantes, le Soleil, Bel Air, l'Éparre, le Bardot et le quartier Saint-François, où l'église est partiellement détruite, faisant 25 à 30 victimes réfugiées dans la crypte. L'école de Tardy est frappée de plein fouet. Dans les caves de l'établissement, 8 instituteurs et 24 enfants périssent, ensevelis par les murs sous l'effet des explosions. Après le passage de l'aviation américaine, on dénombre 925 morts dont 99 enfants, 1 400 blessés et près de 25 000 sinistrés. Plus de 200 immeubles ont été détruits par les 400 tonnes de bombes déversées.

Les bombardements américains ont écrasé neuf autres villes, tuant au total 68 778 civils.

Neuf bombes sur dix ont raté leur cible.

*

Au cours de la Seconde Guerre mondiale, des institutrices, instituteurs, prêtres, pédagogues, médecins ou psychiatres fondent, dans l'urgence et le dénuement, des lieux pour recueillir les millions d'enfants, orphelins ou brutalement séparés de leurs parents. De l'Italie à la Hongrie, en France comme en Allemagne, cette aide humanitaire se double d'une utopie pédagogique largement inspirée de l'éducation nouvelle et de l'autogestion. De 1945 à 1946, un couple d'instituteurs, les Julien, s'installe avec un groupe d'enfants à Saint-Rémy-de-Provence dans le château Mistral-Bernard réquisitionné à cet effet par le commissaire Raymond Aubrac. Cette communauté d'enfants déménagera à l'été 1946 pour s'installer définitivement en Isère et devenir la République d'Enfants de Moulin-Vieux qui perdurera jusqu'en 2016.

Sources

À propos du bombardement américain

Blog www.lecafuron.fr

— Article : *Il pleuvra fort ce soir sur les Aiguilles.* Récit extrait de l'ouvrage de Daniel Décot, *Pilotes français sur la vallée du Rhône,* 1982
— Témoignage de madame Moiron, rescapée du bombardement de La Ricamarie

Archives municipales de Saint-Étienne
Élise Laplace, « Les petits métiers vers 1930 »

Nadège et Jean-François Kauffmann, *La Guerre tombée du ciel tome II : Auvergne-Rhône-Alpes 1944-1945*, Nîmes, Éditions Nombre 7, 2021

Howard Zinn, *La Bombe. De l'inutilité des bombardements aériens*, Montréal, Lux, coll. « Mémoire des Amériques », 2011

À propos des républiques d'enfants

Serge Chaloin, *La République d'Enfants de Moulin-Vieux, Chronique d'une histoire vraie*, Canéjan, édition Serge Chaloin, 2017

Samuel Boussion, Mathias Gardet, Martine Ruchat, *L'Internationale des républiques d'enfants, 1939-1955*, Paris, Anamosa, 2020

Vous souhaitez en savoir plus sur les livres
et les auteurs de la collection Terres de France ?

Retrouvez toutes les informations sur le site
www.collection-terresdefrance.fr
et abonnez-vous à notre lettre d'information.

Suivez-nous également sur notre page Facebook,
notre compte 𝕏 et Instagram.

#lisez! engagé
Pour plus d'information :
www.lisez.com
Imprimé sur du papier issu de forêts gérées durablement.

Achevé d'imprimer en septembre 2024 par
La Nouvelle Imprimerie Laballery
58500 Clamecy (Nièvre)
Dépôt légal : octobre 2024
N° d'impression : 408444

C20768/01

Presses de la Cité, 92 avenue de France, 75013 PARIS

Imprimé en France